A MIS PREFERIDOS,
PARA QUE NO OLVIDEMOS

Editorial Bambú
es un sello de Editorial Casals, SA

Título original: *Ollie's Odyssey*

Publicado por acuerdo con Atheneum Books for
Young Readers, un sello de Simon & Schuster
Children's Publishing.

© 2016, William Joyce, por el texto y las ilustraciones
© 2017, Arturo Peral Santamaría, por la traducción
© 2017, Editorial Casals, SA, por esta edición
Casp, 79 – 08013 Barcelona
Tel.: 902 107 007
editorialbambu.com
bambulector.com

Diseño de la colección: Miquel Puig

Primera edición: marzo de 2017
ISBN: 978-84-8343-510-6
Depósito legal: B-7316-2017
Printed in Spain
Impreso en Anzos, SL
Fuenlabrada (Madrid)

La odisea de Ollie

WILLIAM JOYCE

Traducción del inglés de
Arturo Peral Santamaría

bam bú
EDITORIAL

1

perdido y encontrado

Cuando Billy nació, estaba casi perdido. Llegó a este mundo con un agujerito en el corazón, y los primeros días de su vida apenas estuvo con su madre y su padre. Estuvieron llevándolo de una habitación a otra en aquel laberinto de pasillos que configuraban el hospital donde había nacido. Los médicos le hicieron un montón de pruebas, sobre todo para medir el agujero y para ver si «aquello era algo de lo que preocuparse».

Cuando los padres de Billy supieron lo del agujero, se preocuparon muchísimo. Sintieron un miedo que apenas habían experimentado desde su tierna infancia, desde antes de aprender las palabras que describen los sentimientos. Pero no había palabras ni consuelo ante aquella inquietud, aquella desesperación profunda que sentían. Para una madre y un padre, un recién nacido se convierte de pronto en el ser vivo más querido. En un instante milagroso se crea el vínculo más fuerte de la vida.

Billy tiene un agujero en el corazón. ¿Estará bien? Tiene que estarlo. Ese era el único pensamiento que se permitían.

Sentados en el hospital, esperando, esperando y esperando alguna noticia, los padres de Billy vivían la agonía silenciosa y terrible del desconocimiento. Cuando los niños tienen miedo, se esconden debajo de las sábanas, o lloran, o gritan: «¡Tengo miedo!». En cambio, los adultos se quedan muy quietos y aparentan que todo está bien; aunque tengan ganas de esconderse, de llorar o de gritar, no suelen hacerlo. Para los adultos esto es «sobrellevar algo», pero en realidad no es más que una forma educada de decir que están aterrados.

El padre de Billy sobrellevaba la situación entrelazando las manos con fuerza y apretando la mandíbula hasta que le dolía. Y su madre la sobrellevaba haciendo un juguetito para Billy. *Juguete* es una palabra que suena agradable en la mente y el recuerdo. Pero *juguete* también es una palabra limitada. Si se dan las circunstancias correctas, un juguete puede llegar a ser mucho más que algo con lo que uno juega o se entretiene.

Puede llegar a ser milagroso.

El juguete que la madre de Billy cosía ya era especial. Estaba hecho de varios tipos de tela de lo más agradables que ella había escogido con mucho mimo. Y tenía una forma encantadora. Parecía un

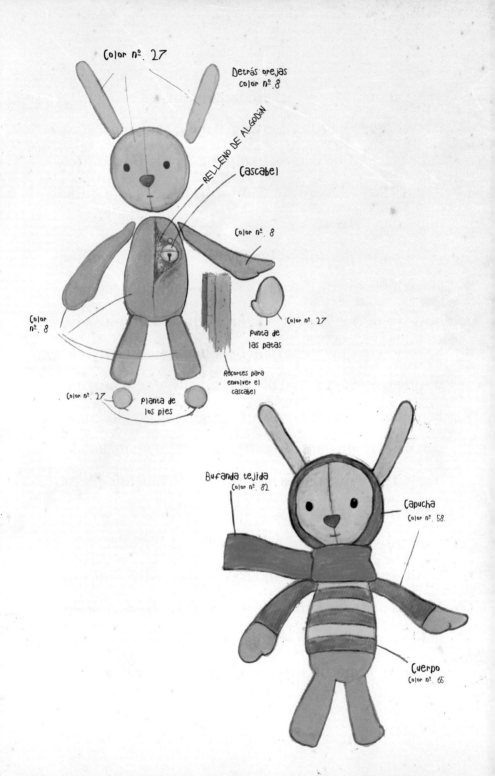

Color nº. 27

Detrás orejas
color nº. 8

RELLENO DE ALGODÓN

Cascabel

Color nº. 8

Color
nº. 8

Color nº. 27

punta de
las patas

Recortes para
envolver el
cascabel

Color nº. 27

planta de
los pies

Bufanda tejida
Color nº. 82

Capucha
Color nº. 58.

Cuerpo
Color nº. 65

oso de peluche, pero, por alguna razón difícil de explicar, la madre de Billy le había puesto orejas largas que recordaban vagamente a las de un conejo. Así pues, no era ni un oso ni un conejo, sino algo único. Llevaba una capucha de rayas azules y una bufanda roja al cuello. Su rostro, sencillo y esperanzador, transmitía dulzura.

La madre de Billy se dejaba guiar por su buena vista e instinto maternal para hacer aquel muñequito gracioso con forma de conejo. Cosía como una experta. Aunque estuviera hecho a mano, el juguete no tenía aspecto extraño o desaliñado, sino más bien audaz e inusualmente encantador. *Este juguete será importante*, dijo ella para sus adentros.

Sentada en la sala de espera del hospital, procurando no temer por el pequeño Billy, unió el último pedazo al juguete, el que lo distinguiría de cualquier otro juguete del mundo. Con cuidado cosió en su pecho un minúsculo corazón hecho de

un trozo de tela que provenía de algo muy especial para ella: la muñeca que ella tanto había querido durante su infancia, la que había sido su muñeca preferida.

La había llamado Nina. Era una muñeca maravillosa. El nombre le vino a la cabeza en cuanto la sostuvo, y curiosamente le iba a la perfección.

Nina la había acompañado siempre durante su infancia. Y cuando todo su amor había dejado a la muñeca hecha pedazos, la madre de Billy guardó un jirón de lo que antaño había sido el precioso vestido de la muñeca, así como el cascabel que llevaba en su interior.

De ese modo, los restos de su propia infancia vivirían en el juguete de Billy. El cascabel estaba dentro del corazón y, aunque la tela de algodón azul lo ciñera con fuerza, emitía un tintineo leve pero agradable cada vez que alguien movía el juguete.

Cuando la madre de Billy dio la última puntada, cerró los ojos un instante para dejar que mil recuerdos de Nina la inundaran de nuevo. Pero aquellos recuerdos se vieron interrumpidos. Se dio cuenta de que el médico había venido. Traía a Billy, que estaba muy quieto y envuelto en unas mantas.

Los corazones de los padres de Billy se detuvieron en aquel instante. Pero el médico les estaba sonriendo, y oyeron que Billy hacía un ruido parecido a un bostezo.

—Es un agujero muy pequeño —explicó el médico—. Hace unos años ni siquiera lo habríamos detectado. Se cerrará solo. Y Billy nunca sabrá que lo ha tenido.

Billy estaba bien.

El miedo de los padres de Billy se esfumó y, antes de que se dieran cuenta, tenían a Billy en brazos. Con esa sorprendente firmeza que tienen los bebés en las manos, agarró una de las orejas del juguete. Emitió un ruidito curioso: «Olly, Olly, Olly». Y los padres de Billy supieron al instante el nombre del juguete: Oliver, Ollie para los amigos.

Lo que nunca sabrían era que había ocurrido algo mágico.

Ollie también sabía su nombre.

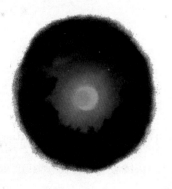

2

una luna nueva

Aquella noche, en el trayecto del hospital a casa, Billy no soltó ni una vez la oreja de Ollie. El juguete colgaba y se balanceaba mientras la madre de Billy los llevaba en brazos por el hospital. El padre cargaba torpemente con montones de pañales, medicamentos, toallitas y cosas de bebé que les habían dado las enfermeras y trataba de no alejarse de ellos a su paso hasta la puerta principal. Ni la madre ni el padre podían dejar de sonreír a su hijo, y casi no podían mirar otra cosa. Se olvidaron por completo de Ollie.

Al llegar a la salida del hospital, ninguno se percató de que las puertas automáticas se abrieron para darles paso, o que el cielo nocturno estaba claro y lleno de estrellas, o que la luna creciente brillaba sobre ellos. Pero Billy y Ollie sí se dieron cuenta. Era la primera vez que veían el cielo.

Cuando el padre de Billy los ayudó a subir al coche, acabó mirando hacia arriba.

–La luna está preciosa –dijo.

La madre de Billy alzó la vista.

–Sí, preciosa –asintió–. Una luna creciente.

Billy estrujó con más fuerza la oreja suave y ocre de Ollie. A Ollie no le dolió. En su lugar, provocó algo muy importante, algo que solo ocurre cuando un niño sostiene un juguete durante mucho tiempo. Mirando la luna, Ollie tuvo su primer pensamiento verdadero.

Parece que la cosa esa que llaman luna también tiene un agujero. Espero que se le cierre, como a Billy.

El cascabel de su corazón tintineó un poco cuando entraron en el coche y el padre cerró la puerta.

Ollie no sabía nada de los cambios de la luna. Había innumerables cosas que Ollie todavía no entendía. Las primeras horas de un juguete pueden ser muy intensas. Es como si se despertara después de mucho tiempo y tuviera que reaprender todos los aspectos de la vida. Especialmente en el caso de un juguete hecho a mano. Porque a través de las puntadas y la tela puede sentir fragmentos del pasado de su creador, como quien oye un eco.

Por tanto, Ollie tenía cierto sentido de las cosas: de los adultos y los bebés, de la noche y el día. Pero, en realidad, no conocía aún las palabras para designar esas cosas. Ni la palabra para nombrar el sentimiento que lo inundaba. Por eso, el trayecto en coche estuvo lleno de asombro silencioso. Observó muchas cosas en el viaje, pensó muchas cosas más y se hizo muchas preguntas.

Los adultos han crecido. ¿Billy habrá menguado?

Los adultos son la «gente pariente» de Billy. Lo han creado. La «madre pariente» me ha creado a mí. Billy es suyo. Pero yo soy distinto.

El resto del trayecto lo pasó reflexionando sobre estas diferencias.

Escuchó con atención cuando llegaron a un sitio llamado «el hogar» y pusieron a Billy en una cosa llamada «cuna», y observó cómo apagaban en silencio la «luz» y se quedaban en una postura llamada «dormidos». Todas estas cosas las entendió casi de inmediato. Eran fragmentos de la vida de la que desde entonces formaba parte. Pero había otras cosas que sentía y que no sabía nombrar.

Allí, en la cuna, Billy asía a Ollie por el cuello y sus caras se rozaban ligeramente. Los dos eran suaves y cálidos. A Ollie le gustaba lo suave y lo cálido. Le

19

gustaba la sensación que provocaban en él. Le hacían sentir la palabra «seguridad». Pero sentía algo más, algo muy intenso, así que buscó y buscó en su nueva mente de juguete una palabra que se lo aclarara.

Al fin, con las estrellas y la luna brillando a través de la ventana, Ollie entendió qué lo diferenciaba del niño. Billy pertenecía a su madre y su padre, pero Ollie sabía que él solo pertenecía a una persona. Esa era la palabra que andaba buscando: «pertenencia». Le pertenecía a Billy.

Y sabía que aquella palabra era importante para él. Era como una manta caliente que le cubriría toda su vida.

3

El guardián de la seguridad

Billy siempre quería que Ollie estuviera con él y nunca se iba a la cama sin estrecharlo con fuerza entre sus brazos. Billy dormía con la cabeza de Ollie apretada contra el pecho, y el juguete escuchaba con atención el latido del corazón de su amigo.

No oigo un agujero, pensó Ollie, *pero es que no sé a qué suena un agujero.*

Según su teoría secreta, si por las noches colocaba su corazón cascabel sobre el pecho de Billy, ayudaría a que el agujero desapareciera más rápido.

Es una pena que no tenga un cascabel en el corazón, pensó. *Así seríamos igualitos.*

En realidad *sí* se parecían muchísimo, porque estaban descubriendo el mundo juntos. Estaban haciéndose «a sí mismos» juntos. Pero, mientras que Ollie siempre estaba igual y no crecía, Billy siempre estaba pasando por algo llamado «fase», y cada una de estas fases traía consigo muchas experiencias nuevas que tenían asociadas distintos grupos de palabras.

Al principio Billy era un «recién nacido» o un «rorro». Ollie no entendía algunas de estas palabras, y nunca sabía por qué iban y venían, porque, para él, Billy no era más que Billy, y, por lo que sabía, no era más que un «bebé».

Pero comoquiera que lo llamaran, Billy seguía siendo suave y cálido..., excepto en algunas ocasiones.

A veces Billy estaba «mojado» y otras veces «apestaba», y para Ollie esa palabra era más que adecuada (porque suena un poco a lo que designa). Pero la idea de algo apestoso le parecía raro. *¿Qué pasa con esa sustancia «apestosa»?*, se preguntaba. *Deberían arreglar a Billy. Tiene muchas fugas. Y casi siempre son apestosas.*

Billy llevaba a Ollie a todas partes, así que cuando estaba realmente apestoso, a Ollie le acababa llegando algo llamado «K.K.». Entonces la madre de Billy sostenía al juguete, se lo acercaba mucho a la nariz y decía «¡Puuuuuaaaaaaj!». La «K.K.» siempre significaba «viaje a la lavadora». Y eso a Ollie no le gustaba. En absoluto. Era casi lo único que le asustaba. Era un lugar oscuro, húmedo, ruidoso y temible. Y siempre tenía que ir allí solo. A Billy nunca lo metían en la lavadora. Él se daba baños.

Siempre había más cambios y más palabras.

Billy empezó una nueva fase en la que daba sus primeros pasos. Al «hacer pinitos», Billy llevaba a Ollie de la oreja, pero lo sujetaba con la boca. Esa era su forma preferida de llevar a Ollie. *Creo que le ayuda a hacer pinitos*, concluyó Ollie, que desde entonces usaría la expresión «hacer pinitos» para referirse a andar. Había algunas palabras que a Ollie le gustaban mucho más que otras. Por ejemplo, cuando Billy era un bebé, todos los actos similares a un beso implicaban una cantidad considerable de baba o saliva, y el papá llamaba a aquello «babazo». A Ollie le gustaba el sonido de «babazo» más que el de «beso».

«Babazo» suena a, no sé, a que lo dices en serio, pensaba. *«Beso» no está mal, pero ¿«babazo»? Es que suena mucho mejor.*

Así que, cuando llegaba la hora de dormir, Billy siempre se llevaba un buen babazo de sus padres. Por las noches la mamá arropaba a Billy y decía:

—Haz que se sienta seguro, Ollie.

Después, salía del dormitorio y apagaba la luz.

Ollie se tomaba aquella petición muy en serio. «Seguro». Le gustaba cómo sonaba aquella palabra. Le gustaba su significado. Le gustaba el modo en que le hacía sentir. Era como «suave y cálido», pero mejor.

Así pues, procurar que Billy se sintiera seguro era la actividad preferida de Ollie. Apoyaba la cabeza en el pecho de Billy y escuchaba su corazón.

Soy el señor Seguro, se decía a sí mismo. *Soy el guardián de la seguridad. El sumo seguromaestre del planeta Billy.*

Para cuando Billy dejó de ser un bebé y se convirtió en un «chiquillo», un «chaval» o sencillamente un «chico» (*¿No lo ha sido siempre?*, se preguntaba Ollie), el juguete también había desarrollado un modo de lo más particular de hablar que Billy entendía a la perfección. Una de sus palabras preferidas era «ñam».

Era una de las primeras palabras de Billy, y la decía cuando algo le gustaba mucho. Ollie, por supuesto, nunca comía, pero le asombraba la comida y su efecto en los humanos.

Cuando Billy y su padre comían helado, cerraban los ojos y decían «ñaaaaaammmm» de un modo que resultaba de lo más alarmante. Mamá se reía de ellos y decía:

–Estáis en la gloria.

Por eso, en la mente de Ollie «ñam» era lo mejor de lo mejor.

Una noche, cuando Billy apenas había cumplido seis años y estaba a punto de quedarse dormido después de pasar un día completito y repleto de gloria, ñam y risas, preguntó:

–Ollie, adivina.

–¿El qué?

—Adivina cuál es mi cosa preferida.

—¿Los babazos de buenas noches de mamá y papá?

—Bueno, casi aciertas.

—¿Un día lleno de ñam en el que jugamos y nos ponemos morados?

—Casi, pero no es eso.

—Pues me rindo, Billy.

—Mi cosa preferida en este cuarto, en esta casa, en este país y en todo el universo de la Tierra y el espacio exterior y en todos los espacios que todavía no conocemos, mi cosa preferida...

—¡¿Qué es?!

Billy miró a Ollie y dijo sonriendo:

—Eres tú.

«Preferido». Esa palabra era muy grande.

En el mundo de los juguetes, ser «preferido» era una distinción especial. Era lo más ñam que había.

Un niño solo podía tener un preferido, y Ollie era el de Billy. Ollie sentía lo mismo por Billy. Y aprendió una palabra que se ajustaba mejor a sus sentimientos que cualquier otra palabra del mundo. *«Preferido» es mejor que «babazo», incluso mejor que «pertenencia»,* pensó Ollie. *Es todas estas cosas y mucho más.*

Los demás juguetes del dormitorio de Billy supieron al instante lo ocurrido. Murmuraron entre sí sobrecogidos una y otra vez:

–Ollie es un preferido.

Un misterioso grupo de luciérnagas se agolpó al otro lado de la ventana, al parecer atraídas por la noticia. Con un solo soplo de viento, desaparecieron.

Sin embargo, algo más estaba escuchando aquella noche. Algo que no era del todo un juguete. Ni una persona. Pero odiaba a los juguetes preferidos. Enviaba a sus ayudantes a buscar preferidos. Los buscaba sin descanso. Y, por su culpa, Ollie tendría que ejercer de sumo seguromaestre muchas veces en los días que siguieron.

4

El rey zozo

Mucho antes de que Billy naciera, cuando su madre era una niña de su misma edad, había un rey payaso. Al principio, Zozo era un payaso feliz. Un inventor muy listo lo había confeccionado con mucho esmero con el objetivo único de hacer felices a los niños. Y felices eran cada vez que le daban un pelotazo a Zozo y este caía hacia atrás en su majestuoso pedestal dorado. Y es que cada vez que caía, sonaban las campanas y las luces parpadeaban. Y el

niño que había acertado a Zozo recibía la maravillosa noticia de que podía elegir, *elegir por sí mismo*, un juguete de los muchos que pendían del techo de la atracción de Pelota Zozo.

Al principio, Pelota Zozo era lo más destacado de una feria ambulante que, a pesar de ser pequeña, era muy popular entre los habitantes de la zona. Además, Zozo era muy guapo, con su sombrero alto y puntiagudo, su gorguera almidonada al cuello y su traje de terciopelo hecho a medida. Ver a Zozo en todo su apogeo, sentado orgullosamente en el asiento rojo y dorado, iluminado por esferas de luz, era casi como ver a un rey en su trono. Una especie de rey benévolo al que no le importaba que le dieran un pelotazo de tanto en cuanto para divertir a un niño y encontrarle un hogar a un juguete.

Porque ese era el objetivo de Pelota Zozo –de hecho, era el objetivo vital de Zozo–: que esos juguetes encontraran un hogar, un hogar bueno, y en ese hogar, quizá incluso lograran la gloriosa suerte de destacar, de ser preferidos.

Al principio, a Zozo no le importaba que los juguetes fueran y vinieran. No envidiaba la alegría de los otros, ni la oportunidad que tenían de convertirse en el preferido de algún niño, porque él mismo se sentía el preferido de todos los niños, o al menos de los que venían a la feria.

Zozo sentía un orgullo enorme por ser el centro de su juego. Se sentaba con la cabeza bien alta y esperaba pacientemente el momento del bolazo.

Los pelotazos no le dolían, al menos al principio. Las pelotas que usaba el inventor eran blandas y los niños solían fallar. De hecho, lo que le dolía era, precisamente, que los niños fallaran, porque cuando aquello pasaba había lágrimas en vez de risas, y una calma triste se apoderaba de los juguetes de Pelota Zozo.

Pero al inventor no le importaba dar segundas oportunidades, y más tarde, tuvo la astucia de instalar un botoncito debajo del mostrador donde se colocaba que servía para tirar a Zozo, aunque no se hubiera llevado un pelotazo.

Se empezó a correr la voz entre padres y niños de que cuando uno iba a Pelota Zozo, nunca volvía con las manos vacías. Y así, Pelota Zozo se hizo muy popular, y Zozo pasó la mayor parte del tiempo cayendo y volviendo a su sitio. Cada vez que caía, el inventor le volvía a enderezar el sombrero y el traje, le limpiaba cualquier mancha que tuviera en la sonriente cara con un pañuelo suave y decía cosas como: «¡Buen trabajo, Zozo!». Entonces, una calidez inundaba al payaso, así como un poder, y se moría de ganas de volver a ocupar su trono para seguir haciendo «un buen trabajo».

Durante esta edad de oro de la vida de Zozo, el inventor trajo una nueva muñeca a Pelota Zozo. Una bailarina, para ser exactos.

Lo primero que Zozo observó en la bailarina fue su postura. La mayoría de los juguetes se quedaban un poco caídos. No podían evitarlo, claro, porque la mayoría eran de peluche. Pero la bailarina se mantenía con una postura impecable, con un brazo arqueado grácilmente por encima de la cabeza, las piernas muy juntas y los pies de puntillas. Llevaba zapatillas de ballet de un rojo brillante y una falda azul con vuelo desde la cintura.

Tenía el pelo negro recogido en un moño en la coronilla. Su rostro estaba pintado, como el de Zozo, pero el artista había dado pinceladas más finas. Tenía los ojos pegados, y las pestañas a su alrededor eran largas y rizadas. Su nariz era delicada y recta, en perfecta proporción con la curva serena de su boca. Y siempre que el viento soplaba y hacía a la baila-rina oscilar, sonaba el tintineo sordo de un cascabel. Zozo no podía verlo, pero creía que estaba dentro de ella, justo donde se encontraba su corazón. Y Zozo adoraba el sonido de aquel cascabel, porque le parecía una música diferente a cuanto había escuchado: una canción que parecía solo para él.

Con el tiempo, Zozo acabó admirando enormemente a la bailarina, pero siempre desde lejos. Nunca se hacía amigo de los juguetes de Pelota Zozo, ni siquiera cuando los niños se iban y la feria se quedaba a oscuras. A fin de cuentas, Zozo era más o menos un rey, y como rey tenía que mantener cierta dignidad y distancia. O al menos eso creían los juguetes.

Además, Zozo estaba seguro de que no tardarían en llevarse a la bailarina, y después estaría lejos, así que no tenía sentido que entablaran amistad. La bailarina era demasiado hermosa para quedarse mucho tiempo en Pelota Zozo.

No obstante, la bailarina siguió allí. El inventor la había colgado detrás de otros juguetes en un hueco que ningún niño lograba ver. Y la había colocado mirando a Zozo, no hacia el paseo central exterior.

Era el único juguete que había mirado de frente a Zozo.

Al principio, el payaso estaba preocupado por que la bailarina se entristeciera, pues nadie nunca se la quería llevar. Pero, a decir verdad, no parecía estar triste. Su expresión nunca cambiaba. Y, de un modo gradual, con el paso de los años, Zozo sintió que una conexión crecía entre ellos, algo íntimo y delicado, como un hilo dorado que los unía. Se sentía muy contento al ver a la bailarina un día tras otro, estación tras estación.

Con el tiempo, Zozo solo podía pensar en la bailarina. Por eso no se percató del momento en el que las cosas empezaron a cambiar en la feria. No se dio cuenta de que la muchedumbre era cada vez menor, de que la cola de Pelota Zozo se estaba volviendo más corta. No vio que algunas de las atracciones habían cerrado alrededor de la suya, que de ellas colgaban varios carteles en los que ponía «EN REPARACIÓN» y que, como nadie iba a arreglarlas, los carteles estaban siempre puestos.

Zozo *sí* se fijó en el día en el que el inventor no regresó. Siempre se iba por la noche y siempre había vuelto. Pero una mañana no lo hizo.

Nadie abrió el puesto de Pelota Zozo durante días. Los juguetes estaban intranquilos y asustados. Entre ellos había muchos rumores y preocupación.

–¿Acaso hemos cerrado? ¿Nos van a tirar a la basura? –se preguntaban unos a otros.

Entonces la bailarina intervino:

–Todo irá bien. Zozo sabrá qué hacer.

Aquello tranquilizó a los juguetes. Se giraron para mirar a Zozo, que estaba en su trono. Al payaso le alegró mucho oír que la bailarina depositaba tanta fe en él. Sonrió todo lo que pudo y asintió.

–Sí –les dijo–. Sabré qué hacer.

Y así, los juguetes se calmaron y dejaron de tener miedo. Pero esa noche, Zozo estaba preocupado. *Confían en mí*, pensó. *Tengo que saber qué hacer. Pero ¿el qué?*

La fe es algo muy poderoso. Puede producir cambios extraordinarios. Para Zozo, la fe de los juguetes creció y le quemó por dentro hasta que tuvo algo que los juguetes rara vez tienen: un corazón.

Al principio, Zozo no sabía lo que le había ocurrido. Se sentía muy raro. Sabía que algo había cambiado. Cuando levantaba la vista para mirar a la bailarina, experimentaba una alegría más intensa que nunca. Pero también tenía sentimientos que no le gustaban en absoluto. Por más que quisiera, no era capaz de ayudar a los juguetes. No podía moverse por sí mismo. No podía hablar de modo que los humanos lo oyeran. Lo único que podía hacer era mantener la esperanza. *Algo va a pasar*, pensaba. *Si no puedo hacer que ocurra algo, ¿para qué estoy aquí? ¿Para qué confían en mí los juguetes?* Los días pasaban sin cambios, y, sin embargo, los juguetes seguían teniendo fe en él.

La alegría de Zozo empezó a marchitarse. Se marchitó hasta convertirse en otra cosa: una vergüenza profunda y humillante. Sabía que estaba defraudando a los demás juguetes, y esa idea horrible bullía en su interior, apagando su esperanzado corazón.

Tras más días de los que los juguetes pudieron contar, alguien vino al fin, pero no era el inventor. Era un hombre al que Zozo no había visto nunca. Aunque volvió a abrir la atracción, aquel hombre no sonreía a los niños que se acercaban. Y nunca presionaba el botón secreto bajo el mostrador para tirar a Zozo si el pelotazo que recibía no era lo bastante fuerte, a pesar de que sabía de su existencia. Aquel hombre no daba segundas oportunidades.

–No me extraña que esto no estuviera dando dinero –refunfuñaba–. El viejo casi ha estado regalando los juguetes.

Se empezó a correr la voz entre padres e hijos de que Pelota Zozo ya no era tan fácil como antes. Por un tiempo, los niños siguieron haciendo cola e intentaron conseguir un juguete. Pero casi siempre se iban con las manos vacías. Los animales de peluche acumularon polvo y les dejó de preocupar si se quedaban caídos. En las escasas ocasiones en las que un niño ganaba un juguete, el hombre no lo reemplazaba por otro. Con el paso del tiempo, los muñecos eran tan pocos, que la bailarina quedó a plena vista.

Poco a poco, el hombre fue introduciendo cambios. Colocó a Zozo todavía más lejos del mostrador. Sustituyó las pelotas blandas por otras duras. Ahora, cuando a Zozo le daban un pelotazo –algo mucho menos frecuente, aunque seguía ocurriendo de vez en cuando–, el golpe ya no era suave. Los pelotazos desconcharon parte de la pintura de su rostro. Ensuciaron su ropa de terciopelo. Se le torció la gorguera hacia un lado y el sombrero se dobló formando un ángulo extraño.

La cola ante Pelota Zozo no tardó en reducirse hasta casi desaparecer. Pasaban días, incluso semanas, sin un solo cliente. Después de un tiempo, los clientes ni siquiera eran niños, sino otros de aspecto mayor, hasta adultos, que desdeñaban a Zozo y se reían de su ropa sucia y su sombrero arrugado.

Por alguna razón, la feria permaneció abierta a pesar de que no iba casi nadie. La atracción de Pelota Zozo empezó a hundirse por un lado. La pintura se desconchó. Una densa capa de polvo lo cubrió todo. Los pocos juguetes que quedaban habían dejado de hablar entre ellos, y Zozo sentía que habían perdido la fe en él y en todo lo demás. Habían perdido toda esperanza.

Pero Zozo seguía ocupando el trono. ¿Qué otra cosa podía hacer? Su único consuelo era la bailarina. Al menos ella seguía allí, justo enfrente de él, mirándolo con aquellos ojos hermosos y aquella sonrisa serena. Seguían unidos por el hilito dorado. Ella era lo único que mantenía encendido el corazón de Zozo. Su presencia silenciosa le recordaba sus días de gloria, la época en la que su ropa había estado limpia y su gorguera almidonada. Le recordaba la época en la que los niños y los adultos reían con alegría, no con amargura. Sentía que ella seguía teniendo fe en él.

Un día, una familia acudió a la feria. El padre había frecuentado la feria de niño y quería enseñársela a su hija. Pero, por supuesto, nada era como él recordaba, y la familia estaba a punto de marcharse cuando la niñita se detuvo frente a Pelota Zozo.

–¡Oh! Papá, mira a la bailarina. ¡Es preciosa! ¿Podemos intentar conseguirla, por favor, por favor?

Sorprendido, Zozo sintió un dolor en lo más profundo de su corazón. Miró a la bailarina y ella le devolvió la mirada. Si se la llevaban, se cortaría el hilo dorado que los unía, y no sabría qué hacer.

Sin embargo, hacía muchísimo tiempo que ningún niño ganaba un juguete, cualquier juguete. ¿Por qué esta niñita iba a ser diferente?

Cuando la niña tomó la pelota, los ojos de Zozo se apartaron de la bailarina y se concentraron en un punto lejano sobre la cabeza de la niña, como solía hacer. Estaba sentado más derecho que nunca, esperando.

La primera pelota falló, por supuesto. Y la segunda también.

Sin embargo, la tercera no falló. Le dio a Zozo justo en el pecho, justo donde estaba su corazón.

Fue como si un relámpago le atravesara el alma y lo lanzara hacia atrás. Para cuando el sistema mecánico lo volvió a enderezar, estaba entumecido y desesperado. Oyó a la niña riendo de alegría. También oyó el tintineo del cascabel dentro de la bailarina.

–Serás mi muñeca preferida –oyó decir a la niña–, y te llamaré Nina.

El trono pareció tardar una eternidad en girar hasta su posición inicial. Mientras lo hacía, Zozo vio que la bailarina ya no estaba en su sitio. Se fijó en el gancho del que había pendido; a diferencia de los demás ganchos oxidados que habían estado sin juguete durante tanto tiempo, aún conservaba cierto brillo. Un pedacito de cinta del vestido se había quedado colgando del gancho y se mecía con la fría brisa. Zozo no podía aceptar lo que estaba viendo. Pero oía el sonido casi rítmico del cascabel de la bailarina cada vez más lejano.

Con un chasquido, los engranajes del pedestal colocaron su plataforma en su sitio justo a tiempo para ver a la niña sosteniendo con fuerza a la bailarina entre las manos. Ya se estaban alejando.

El rostro de la muñeca era apenas visible sobre el hombro de la niña. Zozo vio sus ojos brillantes y hermosos. Oía cada paso que daba la niñita, pues agitaba el cascabel de la bailarina. Después, la familia dobló en una esquina del camino central y los perdió de vista. Se fueron. Ya no oía el cascabel.

El hilito dorado se había roto.

A Zozo ya no le importaba nada. Ni sentir el impacto de las pelotas cuando le golpeaban, ni el polvo en la cara, ni los rasgones de su traje.

Daba igual que colgaran más carteles que decían «EN REPARACIÓN». Nadie iba a reparar nada en la feria, nada volvería a estar arreglado. Ahora Zozo lo sabía.

Daba igual que el hombre pasara días y días sin venir o que al final desapareciera por completo. Daba igual que la feria cerrara definitivamente y que la atracción fuera abandonada.

Daba igual que el sol cociera el rostro pintado y agrietado de Zozo, o que soplaran los vientos fríos, o que le acribillara la fuerte lluvia. Daba igual que la tierra misma empezara a ablandarse y a hundirse lentamente, tirando de Zozo y sumiéndolo en la oscuridad.

5

Una «gran ventura» grandísima

Para Billy y Ollie, nada cambió demasiado tras la noche en la que Ollie oficialmente se convirtió en preferido, excepto que la vida se hizo mucho más ñam.

Todo el día estaban construyendo algún fuerte, subiéndose a árboles, montando en bicicleta e inventando juegos. Billy y Ollie pasaban la mayor parte del tiempo imaginando aventuras. Algunas veces jugaban a que el sofá se convertía en piedras, y la alfombra en un mar de lava, y tenían que abrirse paso hasta la cocina pisando los cojines de las sillas para no derretirse. A veces eran moscardones que revoloteaban y zumbaban por todas partes, haciendo «zzzzzzzz» y aguijoneando el coche. Lo mismo les daba que lloviera y tuvieran que quedarse en casa o que hiciera sol y pudieran salir. Lo importante, desde la mañana a la noche, era que Billy y Ollie estaban siempre juntos, nunca separados.

Cuando Billy era pequeño, sencillamente agarraba a Ollie de un brazo, una pierna o una oreja –lo que tuviera más a mano en ese momento– y lo llevaba de un lado al otro. Pero, cuando Billy se hizo un poco mayor, sus padres le dieron una mochila que curiosamente tenía el tamaño perfecto para llevar a Ollie a una «ventura». Esa era la forma en la que Billy decía «aventura». Así pues, cuando le decía a Ollie: «Creo que tenemos que ir a una "gran ventura"», el juguete sabía perfectamente a qué se refería.

Una ventura podría implicar a la madre o al padre de Billy, como ir al zoo o a un partido de béisbol, o incluso ir a la tienda de ultramarinos. Pero una ventura también podía ser solo para ellos dos, para Billy y Ollie juntos. Estas eran las «grandes venturas».

Una «gran ventura» podía ser una marcha por las montañas más altas del mundo, ese lugar tan remoto que solo le servía de hogar a una feroz tribu de abominables hombres de las nieves (es decir, la colina que había en el jardín delantero calle abajo). Una «gran ventura» podía ser un viaje surcando mares lejanos y peligrosos (que solía ocurrir en la alfombra del salón, que era de color azul marino) en pos de una pandilla de piratas y un cofre lleno de oro robado. Una «gran ventura» podía ser un viaje a la luna en un cohete (que era en realidad la caja de una nevera que había en el patio trasero).

Las «grandes venturas» tenían algunas reglas, pero eran reglas de adultos. Si Billy y Ollie jugaban solos y querían salir de casa, tenían que avisar a los padres, y más tarde, cuando Billy se hizo aún mayor, pasaba lo mismo si querían salir del jardín. Muchas veces la conversación era así:

> Billy: Solo quería que supierais que hoy Ollie y yo vamos a ir gateando a la luna.
>
> Mamá: Claro, cariño, muy bien. O sea, que vais a salir del jardín.
>
> Billy: «Pobablemente».
>
> Mamá [a Billy]: De acuerdo, Billy, pero recuerda las reglas. [A Ollie]: Y Ollie, no te olvides de cuidar a Billy.
>
> Ollie: Dile a mamá que «ídem».
>
> Billy: Ollie dice «ídem», mamá.

Ni Billy ni Ollie sabían qué era «ídem», pero el padre de Billy solía decirlo cuando parecía estar de acuerdo con algo. Y a los dos les gustaba cómo sonaba. Así que «ídem» era su forma de decir que sí con entusiasmo.

———————

Salir del jardín significaba que había que cumplir la gran norma número uno: no cruzar la calle sin un «dulto» (que era una abreviación de adulto).

Era algo importante. Incumplirla era «romper el trato», según palabras de los padres de Billy. Significaba «malas noticias», y además era «ilegalísimo». Según entendían Billy y Ollie, cualquier cosa contra las normas era «ilegal». Y había muchos «ilegales». No cepillarse los dientes antes de dormir era «ilegal». Y cruzar la calle solo, al parecer, era «superilegal», lo cual podría conducir a «meterse en un buen lío». Un lío era un sitio al que no querían ni acercarse. Podías estar tranquilamente, sin preocupación alguna, y, de repente, acababas metido en un lío por algo que quizá ya se te había olvidado.

Entonces te rodeaba una nube que era «un rollo». Y era una sensación horrible. Y no sabías qué iba a pasar, pero no iba a ser bueno, porque tus padres estaban «enfadados contigo», y cuando estaban «enfadados contigo» no era nada divertido. Era la ausencia total de diversión. No había más que ceños fruncidos y «a tu cuarto» y «no hay más juegos». Nadie hablaba contigo y no se podía saber cuándo iba a acabar. Entonces empezabas a pensar en Hansel y Gretel y en escaparte o perderte en el bosque o que te atraparan unas viejas temibles y que te comieran, o que te convirtieran en una rana. O, sencillamente, te daba miedo quedarte sin que te arroparan o te dieran besos de buenas noches, o que desaparecieran todos los ñams del mundo.

Cuando estabas «en un lío», parecía que se

tardaba una eternidad en salir de él. En un lío, el tiempo pasaba cincuenta veces más lento que el tiempo habitual y trescientas setenta y siete veces más despacio que el tiempo divertido, que es el tiempo más rápido de todos. Lo cual es muy extraño e injusto, además de totalmente cierto. Pero «estar en un lío» siempre se acababa, el mundo volvía a resplandecer y había sonrisas y salidas y juegos y diversiones.

El recuerdo de estar en un lío hacía que Billy y Ollie se esforzaran por cumplir con lo que se les decía. En principio no era un problema, salvo cuando su pelota se iba rodando a la calle. Entonces Billy necesitaba un segundo de más para recordarles a sus pies que no debían salir de la acera, sino que debían esperar en el bordillo a que algún vecino u otro «dulto» trajera la pelota.

Algunas veces Billy y Ollie se quedaban allí plantados, esperando que alguien les lanzara la pelota, y hacían conjeturas sobre lo que podría ocurrir si llegaban a asomar la punta de un pie más allá del bordillo de la acera.

—«Pobablemente» salte una alarma —diría Billy.

—Y entonces vendrá la policía —explicaría Ollie.

—Y nos meterán en la cárcel.

—Sí.

—Y tirarán la llave.

Habría una pausa, y entonces Ollie diría:

—Suena igual que meterse en un lío.

—Sí.

Por suerte, Billy y Ollie solo tenían que cruzar una calle para llegar a su lugar preferido: el parque. Y había un hombre muy amable que se llamaba Guardia y que se encargaba de que Billy y Ollie cruzaran la calle sin peligro. Su verdadero nombre era señor Beasley, y Billy le llamaba señor B.

El parque estaba al final de la manzana, y tenía árboles viejos y gigantes (más grandes que los del jardín de Billy) y un área de juegos. Los dos daban muchas vueltas al concepto de «área de juegos».

–¿Habrá otro tipo de áreas? –preguntó Ollie.

–Seguro que sí –respondió Billy–. El área de los rollazos, donde todo es un rollo.

–¡Ostras! –exclamó Ollie.

–¡Reostras! –añadió Billy.

El parque, con sus puentes, túneles, cuerdas, columpios, barras para trepar y toboganes, era el lugar perfecto para muchas grandes venturas. Además, era genial porque había más niños, y Billy y Ollie tenían muchos amigos. Como Hannah, la de la nariz mocosa, que era muy amable y siempre tenía al menos un orificio nasal taponado. Era capaz de hinchar burbujas de moco cuando se lo pedías, por lo que Billy y Ollie pensaban que estaba casi embrujada. O Perry, que tenía muchas pecas, que se le daba muy bien imaginar situaciones y además solía compartir cualquier buen palo que encontraba.

O Butch, que llevaba el pelo muy cortito y prefería los sitios embarrados, y eso era muy divertido. A veces se portaba bien, pero otras «cometía maldades»; entonces decía que lo sentía y que había sido un accidente, aunque no siempre fuera así. Por lo general a Billy y Ollie les gustaba más jugar solos, el uno con el otro, porque Ollie, como todos los preferidos, entendía perfectamente a Billy. Así pues, si Billy decía de repente «Ninjas..., en los matorrales», Ollie contestaba de inmediato «Yo te cubro», y se adentraban en un juego con normas que no necesitaban explicación.

Algunas veces los padres de Billy iban al parque con ellos, pero a medida que Billy crecía, los acompañaban menos. Y no pasaba nada, porque siempre había por allí padres de otros niños o vecinos simpáticos que se ocupaban de que no ocurriera nada extraño, así que Billy estaba siempre muy seguro en el parque.

Pero el parque había dejado de ser seguro para Ollie. Al menos desde su elección como preferido. Aunque Billy y Ollie no lo supieran aún, unos seres los estaban observando, unos seres que hacían muchos ilegales y no eran buenos, que cometían maldades con mucha frecuencia y que venían de áreas que habían sido de juego pero que se habían vuelto oscuras, crueles e inclementes.

Billy y Ollie estaban a punto de meterse en el peor lío que habían experimentado nunca.

6

Los espantos

Los espantos habían estado vigilando a Ollie incluso antes de que fuera nombrado preferido. Sospechaban que se iba a convertir en un «prefe». Tenían previsto «juguecuestrar» a Ollie en el parque. Los espantos eran criaturas atrofiadas y lamentables compuestas de trocitos descoloridos u oxidados de máquinas, alambres, basura y juguetes rotos. No eran mucho mayores que un gatito, pero hacían verdadera justicia a su nombre: eran de lo más espantoso.

Los espantos solían ejecutar las misiones en grupos de cinco, y cada espanto tenía una tarea específica.

Espanto 1 no le quitaba ojo a los juguetes preferidos. Su cometido era «avistar y entregar» cualquier juguete preferido, que en la jerga de los espantos era «un prefe».

Espanto 2 siempre vigilaba para que nada ni nadie los viera. Los perros eran un verdadero problema. A diferencia de los humanos adultos, los perros prestaban atención especial al mundo que los rodeaba. Si un perro oyera, viera u oliera a los espantos, espanto 2 susurraría «¡Viene un "guau-guau"!», y echarían a correr para esconderse, o ahuyentarían al perro con minúsculas bombas fétidas que todos los espantos llevaban para defenderse.

Espantos 3 y 4 se encargaban de capturar al «prefe» y de llevárselo. Iban armados con varios tipos de redes, ganchos y cuerdas para atar.

Espanto 5 era el líder y recibía el nombre de «Superespanto» o sencillamente «el Súper».

A los espantos, camuflarse se les daba demasiado bien. Siempre se desplazaban por las partes más sombrías de los jardines y los parques, o por alcantarillas y sumideros. Si corrían el riesgo de que los viera un humano, se desplomaban en el suelo y se quedaban muy quietos. Cualquiera que los viera pensaría que no eran más que un montón de basura.

Billy y Ollie vivían totalmente ajenos a los espantos. No tenían ni idea de que cada vez que salían de casa, los espantos los seguían. No tenían ni idea de que, cuando iban al parque, los espantos observaban con sigilo cada uno de sus pasos. Cuando Billy y Ollie jugaban a algo, los espantos siempre andaban cerca, espiando y conspirando.

Así pues, aquel día en cuestión, Billy había decidido que los columpios serían un buen punto de partida para su gran ventura. Ollie colgaba de la

Superespanto

mochila de Billy mientras se columpiaban. Estaban en la época de los dinosaurios. Billy y Ollie eran pterodáctilos surcando cielos prehistóricos. A apenas un par de árboles de distancia, en una mata de densos arbustos, los espantos observaban con atención. Hablaban en susurros, como si hiciesen gárgaras:

Espanto 1: Se están columpiando. Billy el niño tiene al prefe en el macuto bien colgado-ado-ado.

Espanto 3: Podríamos bajar desde la rama del árbol y sobre el columpio descolgarnos.

Espanto 4: ¡Sí! ¡Y nos llevamos el macuto! Lo agarramos y nos lo llevamos empaquetado.

Superespanto: ¡No seáis brutos! Para que nos vea cualquiera... Mamás y papás hay hasta en la sopa. En un pispás se asustaría la gente, gritaría, correría y nos chafaría el plan.

Espanto 2: El Súper tiene razón. Tenemos «paternos» delante, detrás y a los lados. Y seis «guauguaus». Dos llevan correa y cuatro andan sueltos.

Superespanto: ¡Veis! No tenemos bombas fétidas para esa jauría. A vigilar se ha dicho. Seamos
ASTUTOS. Cuando podamos, atrapamos al prefe y,
rápidos como el viento, hasta el jefe nos lo llevamos.

Los otros cuatro espantos asintieron y aceptaron.
Podían tardar días, incluso semanas, pero robar preferidos era su trabajo. Y se les daba bien. Su jefe no
esperaba menos.

7

un viejo amigo

Cuando el suelo de la feria empezó a hundirse, Zozo vivió en una versión patas arriba de su vieja casa: un laberinto subterráneo de túneles de alcantarillado que había por debajo de la feria. Muchas casetas y atracciones habían acabado allí abajo y se habían asentado en aquellos túneles húmedos y oscuros.

Aquel enorme mundo subterráneo era un lugar triste y siniestro. El corazón de Zozo, aparecido en la lejana época en la que sus compañeros juguetes habían tenido fe en él, para entonces ya estaba roto. Al perder a la bailarina, el payaso se había llenado de tanto dolor que, aunque pudiera moverse cuando nadie miraba, al igual que los demás juguetes, se quedó meses tendido y cubierto de moho en el naufragio húmedo y descompuesto de su atracción. Ni siquiera pestañeaba, pues su dolor le había dejado vacío e inerte como un tablón de madera.

Entonces su tristeza empezó a decaer y a convertirse en otra cosa, en algo peor. La rabia empezó a hervir. Después el odio –al principio nada más que un destello– empezó a prender. Pensaba una y otra vez en las últimas palabras que le había dicho la niña a la bailarina antes de llevársela: *Serás mi preferida*. Aquellas palabras fueron carbonizando su alma, que se estaba oscureciendo cada vez más. Después pensó en un modo de vengar su dolor, y fue entonces cuando Zozo por fin se movió.

Poco a poco, Zozo ensambló un mundo torcido y lamentable de espejos deformantes, carriles enmarañados de montaña rusa, tazones gigantes y asientos en forma de cisne... Todo arrancado de sus atracciones, que se habían anclado en el suelo para siempre. Aquel lugar, situado en el centro de todos los desagües, se convirtió en una especie de laboratorio donde Zozo empezó a preparar su venganza.

Siempre había sido un observador atento. Durante años había observado al inventor, que le había hecho distintos ajustes con máquinas y artefactos variados. Zozo había aprendido mucho durante aquellos años, y ahora estaba vertiendo aquel conocimiento en un plan cada vez más complejo. Puesto que, tras haber terminado su mundo subterráneo, empezó a crear a sus habitantes.

¡Un ejército! Construyó un ejército de pequeñas criaturas, improvisando a partir de los restos de juguetes rotos del juego de Pelota Zozo, trozos de alambre, metal y trapos. A cada uno le dio una gota de óxido y aceite, el líquido hediondo que corroía su maquinaria interior y que se filtraba por su pecho. Las criaturas pronto olvidaron la inocencia original de cuando eran juguetes y se convirtieron en seres de mala voluntad y de mente miserable, un regimiento enorme de mercenarios pequeños pero eficaces. Zozo los bautizó como «espantos» y los entrenó meticulosamente para enviarlos al mundo humano con órdenes muy específicas. Debían regresar ante él con lo que más odiaba: juguetes preferidos.

8

¡Genial, vamos a una boda! ¿Qué es una boda?

De todas las «grandes venturas» que Billy y Ollie habían vivido, la boda empezaba a parecer la más temible hasta el momento.

Al principio sonaba genial. Era una fiesta y habría una tarta enorme. Billy no necesitaba saber más. Pero luego sus padres empezaron a explicarle todo lo que «tendría que hacer».

Te tienes que «vestir para la ocasión». Pero nada de disfraces, como en Halloween –eso, sin duda, sería divertido, pero no–. En una boda hay que «ponerse un traje». Papá a veces se ponía un traje, y a Billy no le parecía que fuera muy cómodo. Ni divertido. Era..., de adultos. Así que Billy tuvo que ir a una tienda a «probarse» unos diez trajes diferentes. Había más niños en la tienda, y a ninguno le gustaba aquello de ir al «probador» a cambiarse, es decir, quitarse la ropa, ponerse otra y salir para que el vendedor dijera: «Oh, con eso está adorable», sin importar lo ridículo que fuera el traje.

Ollie se quedó en la mochila de Billy todo el tiempo, pero estuvo observando y preguntándose qué significaban aquellas cosas tan raras. Resulta que un traje consta de varias partes: pantalones, por supuesto, pero también una chaqueta, y algo como una chaqueta sin brazos que se llama chaleco. Además, hay que llevar una camisa blanca muy limpia que hay que meter por dentro de los pantalones. Y calcetines negros.

Cuando volvieron de la tienda, Billy y Ollie se sentaron en la cama de Billy y miraron a las distintas partes del traje.

–Pues a mí me gusta esta especie de bufanda finita –dijo Ollie–. Se parece a la mía, pero es más de ir arreglado.

–Se llama corbata –explicó Billy, que se la puso al cuello como una bufanda–, pero me gusta más llevarla así.

–Síííí –afirmó Ollie–. ¡Además, te pareces a mí cuando haces eso!

–¡Sí! –dijo Billy, y agarró a Ollie y lo sostuvo como si estuviera volando. Entonces corrió por toda la casa imitando el ruido de un avión hasta que su madre le dijo que parara y que guardara la corbata porque «no era un juguete». A partir de entonces, Billy detestó la corbata.

–¿De verdad tengo que llevarla? –preguntó Billy por centésima vez la misma mañana de la boda.

–Sí –respondió pacientemente su madre.

–¿Por qué?

–Porque es lo que llevan los niños a las bodas.

–¿Por qué?

–Porque se supone que te tienes que arreglar.

–¿Por qué?

–Porque es una ocasión especial. Y –prosiguió la madre antes de que Billy pudiera introducir otro «por qué»– ¡porque estás muy guapo!

Y le besó en la mejilla.

Billy frunció el ceño. A él no le parecía que estuviera guapo. Pensaba que se parecía a un alienígena. Billy, pero sin ser del todo Billy. Especialmente después de que su madre le peinara con la raya a un lado –nunca llevaba el pelo así– y de embutir los pies en el interior de los zapatos bonitos, que, más que bonitos, eran HORRIBLES EN TODOS LOS SENTIDOS. Eran difíciles –por no decir imposibles– de poner. Cuando Billy por fin consiguió andar con ellos puestos, los calcetines «bonitos» se le habían quedado apelotonados en los talones y le oprimían los dedos. Los zapatos pesaban como cemento y resultaban igual de insoportables. Y daban calor. Y hacían daño. Y Billy los detestaba.

—No puedo ni correr con ellos —protestó Billy.

—Imagino que son así para eso —dijo Ollie.

—Sí, supongo que tienes razón —admitió Billy. Porque, a decir verdad, sus padres ya le habían advertido que nada de correr, nada de jugar, y absolutamente nada de gritar en la boda. Billy tendría que quedarse sentado en silencio mucho, mucho tiempo, e incluso cuando no tuviera que estar totalmente quieto, tendría que comportarse en todo momento, es decir, que nada de correr. *Más vale que la tarta esté BUENÍSIMA*, pensó Billy.

Pero, sin duda, lo peor de la boda —aparte del traje y de los zapatos bonitos y del no correr— era que, por alguna razón, los padres de Billy querían que dejara en casa a Ollie.

–¿Por qué tengo que dejar a Ollie en casa? –preguntó Billy sorprendido.

–Bueno, pues porque las bodas son cosas de adultos –explicó su madre.

–Y tú mismo te estás haciendo muy mayor –añadió su padre–. Quizá sea el momento de darle a Ollie un respiro y de que se quede en casa.

Billy miró a Ollie y Ollie le devolvió la mirada. Ninguno de los dos dijo nada hasta que los padres de Billy salieron de la habitación para acabar de arreglarse.

–No quiero ir a ninguna gran ventura si no es contigo, y mucho menos a la estúpida boda –refunfuñó Billy.

Al principio, Ollie no dijo nada. No entendía bien lo que habían dicho los padres de Billy.

–¿Por qué creen que necesito un respiro? –preguntó al fin Ollie.

Durante los años que llevaba con Billy, había aprendido que «darse un respiro» no significaba respirar profundamente, lo cual era difícil, porque era un juguete de peluche. Sabía que un respiro era como una siesta o un tiempo muerto. Pero por lo general Ollie solo hacía eso cuando Billy también lo hacía.

–No lo sé –contestó Billy suspirando–. Supongo que es porque me estoy haciendo mayor.

–¿Y?

–Pues supongo que cuando te haces mayor a veces dejas los juguetes en casa.

–¿Y eso por qué? –interrogó Ollie, que ahora era su turno de estar sorprendido.

–No lo sé –susurró Billy–. Pero nunca he visto adultos con juguetes.

–Cierto –afirmó Ollie.

–Y todo el mundo se hace mayor –dijo Billy, bajando aún más el tono.

Los dos se sentaron, en confuso silencio, durante un tiempo que pareció pasar más lento que nunca.

–¿Dónde están los juguetes de tus padres? –La pregunta se le ocurrió sin más.

De pronto, Ollie pensó que nunca había visto los juguetes de los padres de Billy salvo en las fotos del álbum de fotos, que era un libro grande y gordo con fotografías cuadradas y pequeñas pegadas a páginas gruesas de color negro. En la primera parte del álbum había imágenes de la época antigua, con coches de aspecto extraño y diferente, y la gente llevaba ropa muy loca. Las personas de esa parte del álbum se llamaban abuelos, bisabuelos, primos y cosas así, pero Ollie no había conocido a muchos. En una de aquellas páginas había una foto de la madre de Billy cuando no era más que una niña. Era una foto muy rara, porque en ella, la mamá niña se parecía un poco a Billy y un poco a la mamá ADULTA. A Ollie le resultaba incomprensible que un niño se convirtiera en otra cosa. En un ADULTO.

Billy tampoco lo llegaba a entender. Sabía que «algún día» ocurriría, pero sería dentro de mucho, mucho tiempo. Se haría más alto cada día hasta que dejara de crecer; y entonces, en ese momento en el que dejara de cambiar de tamaño, se habría hecho MAYOR.

Pero en aquella foto antigua, su madre llevaba un juguete en las manos. Una muñeca. Una bailarina llamada Nina. Su madre siempre decía que quería a Nina con locura. Y cuando Billy preguntaba dónde estaba la muñeca, ella se señalaba el pecho y decía: «Está aquí mismo».

–No sé a dónde fueron a parar sus juguetes –admitió Billy en respuesta a la última pregunta de Ollie.

–Entonces, ¿qué fue de ellos?

–No lo sé –repitió Billy frunciendo el ceño–. Es como si se hubieran vuelto invisibles. O como si se hubieran ido... O sea, que no creo que papá se acuerde de sus juguetes.

Ollie estaba tan sorprendido que no podía decir ni una palabra más. Al final Billy fue quien rompió el silencio.

–Yo nunca te olvidaré, Ollie –dijo, colocando a su preferido cerca de él–. Por muy mayor que me haga.

–¿Lo prometes? –susurró Ollie.

–Lo prometo –replicó Billy.

Pero Ollie sentía como si la seguridad de aquella manta llamada «pertenencia» se acabara de rasgar.

9

una milmillonada de gente

Después de su conversación, Billy estaba decidido.
No iría a ninguna parte sin Ollie, y mucho menos a
la boda.

Billy preparó con bastante pericia su discurso
para llevar a Ollie a la boda. Había metido a Ollie
en la mochila, que llevaba colgada del hombro.
Así pues, cuando sus padres estaban frente a
la puerta principal listos para salir y decían en
voz alta: «Billy, sal. ¡Nos vamos! ¡Vamos a llegar

tarde!», Billy fue hasta ellos y comenzó su «expli-
camiento».

Habló muy deprisa.

–Tengo que llevar a Ollie porque tiene muchas
ganas de ver una boda y se sentiría muy solo si lo
dejamos aquí y está en mi mochila, que tengo que
llevar de todas formas porque quiero traer un buen
trozo de la tarta gigante de la boda y nadie verá a
Ollie ni nada y me ayudará a estarme quieto y a no
correr y a cumplir los demás «prohibidos» que tengo
que respetar en esta boda...

Billy todavía no había terminado, pero sus padres
ya se habían rendido. Habían abierto la puerta y lo
llevaban al coche. Billy no entendía muchas de las
cosas de los adultos, pero había desarrollado un
sentido de cómo responderían sus padres ante ciertas situaciones. Por ejemplo, cuando tenían mucha
prisa, era mucho más fácil para Billy conseguir lo
que se había propuesto si les explicaba exactamente

por qué quería hacer algo que ellos no querían que hiciese. Llorar para conseguir lo que fuera malhumoraba a sus padres. Gritar les enfadaba mucho. Pero las explicaciones parecían confundirles, y requerían tiempo, lo cual, si eres un adulto con prisa, es lo único que no quieres perder.

En el coche, sus padres pidieron a Billy que prometiera guardar a Ollie en la mochila todo el tiempo. Le dijeron que, como ya era mayor, Billy era responsable de vigilar la mochila para que Ollie no se perdiera.

Billy aceptó todas aquellas condiciones justo cuando aparcaron en la boda.

–Victoria, Ollie –susurró Billy.

–Ídem –murmuró Ollie en respuesta.

Nada más llegar a la boda, la situación fue algo abrumadora, porque había muchísima gente, y Billy, de inmediato, quiso echar a correr, saltar y gritar.

Sentía que todo su cuerpo iba a salirse del traje y de los zapatos bonitos de una explosión, y además la corbata lo estaba sacando de sus casillas. Pero no podía hacer nada de eso, así que optó por contarle a Ollie constantemente (aunque muy bajito) cada jugada con voz de comentarista deportivo.

–Hay una «milmillonada» de gente –le contó Billy–. Montones de trajes. Montones de adultos. Montones de vestiditos. Montones de peinados raros.

–¿Por qué los adultos se hacen cosas raras en el pelo? –preguntó Ollie.

–Ni idea –contestó Billy–. Las señoras, cuanto más ancianas, más grande llevan el pelo.

Más tarde, cuando se sentaron en unos bancos largos y duros, y Billy tuvo que colocar la mochila a sus pies porque una señora mayor le estaba apretujando por un lado y su madre por el otro, siguieron los comentarios:

—No está pasando nada, estamos aquí sentados sin más..., espera..., espera. Ahora unos tipos con traje están de pie delante de todos y están esperando algo... ¡Uno lleva una *flor* en el traje! Ahora todos se están poniendo de pie... ¿Se ha acabado ya? No, no se ha acabado. Una fila de mujeres está avanzando por el centro. La verdad es que llevan vestidos muy boni-tos. Una lleva un vestido muy, pero que *muy* bonito. Grande. Abombado. Blanco. La mujer está sonriendo... No, espera un minuto..., está llorando... No, ahora está sonriendo de nuevo. Vale, vamos a sentarnos de nuevo.

Pasaron un rato sentados. Billy no tenía que decir nada porque un hombre con un abrigo largo y negro estaba hablando con una voz que retumbaba mucho, y Billy sabía que Ollie lo oía. Después otra persona se puso a cantar, y después otra persona leyó un poema, y aquello se estaba haciendo ETERNO, y Billy empezó a aburrirse una barbaridad y a tener un poco de sueño.

Después de un rato, la mujer del enorme vestido blanco y abombado empezó a hablar, y después, el hombre de la flor en el traje, que estaba a su lado, habló también. Luego la mujer del vestido sonrió y lloró, y el hombre del traje a su lado tomó su mano, sonrió y también pareció a punto de llorar. Y entonces más gente se puso a sonreír y a llorar. Cuando Billy miró a su alrededor, parecía que un montón de gente estaba «sonriendo-llorando». ¡Hasta la señora mayor a su lado y su propia madre!

–Hay adultos por todas partes llorando como bebés –susurró Billy–. Esto es rarísimo.

De pronto, la mujer y el hombre de delante se besaron.

–Hala, cuántos babazos –Billy informó a Ollie, bajando la cabeza al ver que seguían y seguían–. ¡Alerta, babazo máximo!

La música empezó a sonar, y todo el mundo se puso en pie a vitorear y a aplaudir. La gente gritaba y hablaba, algo que Billy creía que estaba prohibido. Sin darse ni cuenta, un remolino de personas lo arrastró. Billy seguía hablando, seguía informando a Ollie de las cosas tan extrañas que ocurrían a su alrededor, sin saber que sus palabras ya no llegaban hasta Ollie, que sus palabras estaban, de hecho, cayendo en una mochila vacía.

10
La verdad sobre las bodas (según los espantos)

A los espantos les gustaba viajar tanto como a las serpientes les gusta reptar. El viaje a la boda, escondidos debajo del coche de la familia de Billy, era justo el tipo de misión que les entusiasmaba. Las razones eran sencillas:

1. Era realmente peligroso.

2. La parte de debajo de un coche era oscura, olía mal y daba miedo.

3. A veces robaban piezas de las entrañas del vehículo para que «se averiara» más tarde.

Metían en un buen lío a los «humos», es decir, a los humanos.

4. Todas estas cosas eran malas, y lo malo para ellos era diversión en estado puro.

Los espantos llevaban días espiando a Billy y a Ollie. Habían estado escuchando desde ventanas y parterres. Habían excavado minúsculos túneles en las paredes de la casa de Billy para desplazarse de una estancia a otra sin ser vistos. Habían observado a través de los agujeros de los enchufes o por las grietecitas entre los tablones del suelo.

Así que lo sabían todo sobre la boda. Tenían planeado llevarse a Ollie mientras Billy asistía a la boda y el juguete se quedaba solo en casa. Habían encontrado un modo de entrar en el dormitorio de Billy: a través de un antiguo agujero de ratón junto a la cómoda. Allí estaban esperando cuando, en el último momento, Billy cambió la decisión de los paternos.

Pero a los espantos, en realidad, no les preocupaba. Sabían improvisar.

Superespanto: «El plan A se ha ido a la porra, chicos. Toca un viaje por lo bajo. ¡Vamos! ¡Vamos! ¡Vamos!».

Los espantos a duras penas podían contener su emoción mientras corrían por las paredes y salían por un tablón suelto bajo las escaleras de la puerta principal. Desde allí les esperaba una peligrosa carrera hasta el coche, que estaba aparcado en la entrada. Recorrerían tres metros al descubierto, sin un lugar donde ocultarse, nada más que hierba y asfalto. Pero los paternos todavía estaban cerrando con llave la puerta principal.

—¡Vamos! ¡Vamos! ¡Vamos! —ordenó el Súper.

Al correr, los fragmentitos metálicos de los espantos chirriaron como risitas momentos antes de que Billy y sus paternos descendieran las escaleras. Los espantos ya estaban refugiados detrás de un neumático delantero para cuando Billy pasó a su lado. Superespanto observó furtivamente a Billy cuando este abrió la puerta trasera del coche.

Superespanto: Todo en orden. Lleva el macuto. ¡Casi puedo oler al prefe que va dentro!

Cuando el padre de Billy arrancó el coche, los espantos se metieron desordenadamente por el hueco de la rueda y se colocaron en el eje. El coche dio marcha atrás. En cuestión de un momento, estaban viajando tan contentos, dando brincos y observando la carretera pasar por debajo de ellos. Rechinaban de emoción en cada curva cerrada. A pesar de que todos tenían muchos ganchos y minúsculos imanes con los que poder sujetarse bien, era muy peligroso, y eso les parecía muchísimo más divertido. Un bache inesperado casi acaba con todos ellos. Pero vitorearon de felicidad.

Para cuando el coche se detuvo frente a la iglesia, estaban poseídos por un valor imprudente e inundados de felicidad. A partir de allí, el trabajo sería relativamente fácil. Los «humos» estarían demasiado ocupados por llegar a tiempo o llegar tarde, por perderse la ceremonia o por conseguir un buen sitio, así que no les prestarían mucha atención.

No obstante, Superespanto les previno:

—Si os ven, aparentad ser basura.

A pesar de que había docenas de personas en el aparcamiento, los espantos solo corrieron el riesgo de que los vieran en una ocasión. Pero se desplomaron en el suelo, al instante, hechos trocitos de basura, así que nadie los miró dos veces.

Cuando se abrieron paso a la iglesia, avanzaron rápida y sigilosamente. Robaron flores de un arreglo floral del vestíbulo y las utilizaron para camuflarse hasta que alcanzaron los bancos. Desde allí, la misión era pan comido. Localizaron el macuto de Billy, que yacía en el suelo a cuatro filas de ellos. Era la única mochila. Avanzaron en silencio entre una multitud de zapatos bonitos y relucientes, deteniéndose para dejar una rozadura negra en los zapatos de tacón blancos de una señora y para arañar un zapato muy elegante de aspecto nuevecito. La música y el sermón ocultaban cualquier ruido que hacían. Para cuando la gente se puso a aplaudir al final de la ceremonia, los espantos ya habían abandonado la iglesia.

Aquella misión ya no tendría más viajes en coche. No importaba. Conocían todos los desagües de la ciudad. Fueron chapoteando por las alcantarillas y riendo por el éxito de su misión al mismo tiempo que Billy comía por primera vez un trozo de tarta nupcial.

Billy tenía tarta, pero, en un saco oscuro, *ellos* tenían a Ollie.

11

La mayor de las venturas hasta el momento

Para Billy, el resto de la boda fue algo difuso y desconcertante. Nunca había visto a tantos adultos de pie hablando *una eternidad*. Y HABLABAN A VOCES. ¿Por qué los adultos tienen que hablar TAN ALTO? Siempre le estaban recordando que cuando no estuviera en la calle tenía que hablar bajito, y allí estaban todos ellos bajo techo y sin parar de gritar. CADA. PALABRA. QUE. DECÍAN. Y encima había una pandilla tocando instrumentos musicales, así que todo resonaba diez veces más fuerte.

—Es un grupo de música —explicó la madre de Billy—. ¿No es genial?

Billy ni siquiera intentó explicarle lo que había descubierto sobre el concepto de diversión de los adultos: era extraño, aburrido, ruidoso y vergonzoso. Y llevaba sometido a aquella vergüenza las últimas setecientas horas. Sus padres lo habían llevado a rastras ante una millonada de adultos, y, a cada uno de ellos, su madre y su padre les habían dicho a voces «HOLAAAAA...». Después intercambiaban abrazos o apretones de mano y sonreían de un modo algo alarmante y luego se volvían hacia Billy y decían: «Este es nuestro hijo Billy». Y a partir de entonces las cosas se volvían..., locas. Vergonzosas. Y más locas. Los adultos gritaban: «ES MONÍSIMO» o «¡ES ADORABLE!». Algunos incluso añadían: «ME LO COMERÍA». *¿Pero qué eran? ¿CANÍBALES?*, se preguntaba Billy. Y todos los hombres adultos, absolutamente todos, decían: «Bueno, está hecho un hombretón».

Y casi siempre los adultos le ponían la mano en la cabeza y hacían esa cosa extraña de revolverle el pelo. O hacían cosas peores. Le abrazaban. Y todavía peor. LE BESABAN EN LA MEJILLA.

Billy a duras penas podía creer lo que estaba ocurriendo. *En las bodas los adultos se vuelven majaretas,* concluyó. No valía la pena intentar contárselo a Ollie en ese momento. Había demasiado ruido, y los adultos podrían ver a Ollie, y quién sabía lo mucho que se podían torcer las cosas si eso ocurría. Más abrazos. Más besos. ¡Venga ya!

Al fin, todo el mundo se sentó a la mesa. Y su madre le trajo un plato lleno de «comida sofisticada», es decir, cosas horribles envueltas en cosas horribles para ocultar que eran horribles, y Billy decía que ni hablar, que él no iba a comer espárragos enmascarados. ¡Puaj! Pero luego llegó la tarta. Resultaba impresionante. Era enorme y blanca, y tenía un hombre y una mujer de juguete en la cima con los que nadie jugaba. Así que Billy comió tarta hasta no poder más. Entonces le entró mucho sueño.

Lo siguiente que recordaba era ir sobre el hombro de su padre, que se lo llevaba de la boda.

–¿Dónde está Ollie? –farfulló a duras penas entre la bruma del sueño.

–Aquí mismo –le dijo su madre, sosteniendo la mochila y dándole una palmadita.

Luego Billy estaba en el asiento trasero del coche, y vio la mochila a su lado, pero debió de quedarse dormido de nuevo porque en su siguiente recuerdo estaba en pijama tumbado en la cama.

–¿Dónde está Ollie? –masculló de nuevo cuando su madre le echó la manta encima.

–Aquí mismo –repitió ella, colocando con cuidado la mochila junto a la almohada de Billy.

Somnoliento, Billy se giró y metió la mano en su interior, pero en cuanto sus dedos no sintieron la suavidad de peluche a la que estaba acostumbrado, se levantó de golpe.

–¿Dónde está Ollie? –dijo casi a gritos, totalmente despierto.

–Pues estoy segura de que está... –comenzó la madre de Billy, metiendo la mano en la mochila. Al darse cuenta de que estaba vacía, soltó un pequeño gemido–. Ay, cariño, te hemos dicho que no saques a Ollie en la boda.

–¡No lo he sacado! –exclamó Billy mientras registraba de nuevo la mochila–. ¡No lo he sacado en ningún momento!

–Quizá se haya caído en el asiento de atrás –propuso papá, y bajó corriendo al coche, pero volvió meneando la cabeza–. Ahí no está, colega. Lo siento.

Billy se quedó mirando a sus padres. Se sentía mareado.

–Tenemos que encontrar a Ollie –dijo–. Tenemos que encontrarlo. Ahora.

Era tarde, y los padres de Billy estaban cansados. Pero sabían lo importante que Ollie era para su hijo, así que siguieron buscando.

–Volvamos sobre nuestros pasos –propuso el padre de Billy–. A mí siempre me funciona cuando pierdo algo.

Billy bajó de la cama y siguió a sus padres hasta la puerta principal. Estaba oscuro, por supuesto, y hacía frío. Billy temblaba al tiempo que buscaban por el porche, descendían las escaleras, recorrían la acera y se detenían para mirar por debajo de los arbustos.

–Tienes frío, Billy –dijo su madre, e intentó llevarlo en brazos, pero él se apartó y se dirigió al coche.

Sus padres le ayudaron a buscar en cada rincón y hueco del coche, pero no había ni rastro de Ollie.

Así que siguieron retrocediendo en su camino, esta vez desde el coche al porche y de vuelta al dormitorio de Billy.

—Seguro que se ha caído en el salón de bodas —dijo su madre al fin.

—¡Tenemos que volver a buscarlo! Tenemos que volver sobre nuestros pasos hasta la boda. —Billy se dirigió a la puerta, pero su madre lo detuvo. Se puso de rodillas para mirarle directamente a los ojos.

—Escucha, cariño, es demasiado tarde para volver esta noche. Ahora el salón estará cerrado. Todo el mundo se habrá ido ya a su casa.

Billy cerró los ojos. Se imaginó a Ollie debajo de una mesa, en un lugar oscuro y extraño. Solo. Su juguete nunca había dormido solo.

Y Billy tampoco.

—Tenemos que ir a buscar a Ollie —insistió.

—Lo siento, colega. —Su padre le puso la mano en el hombro y también se arrodilló—. Esta noche es demasiado tarde.

—Todo irá bien, te lo prometo —dijo su madre, y le dio un abrazo—. Mañana iremos a buscar a Ollie a primera hora. Nadie se lo llevará. Allí estará a salvo, lo recogeremos y todo irá bien.

Eso era lo que le repetían todo el tiempo, que *todo irá bien*. Billy quería creerles..., de verdad. Pero no podía. No sabía cómo, pero estaba convencido de que algo no iba bien, de que Ollie estaba en un lío. Esa sensación estaba ahí y no se iba.

–Vamos a la cama, cariño –dijo su madre, y eso fue exactamente lo que hizo Billy. Volvió a la cama y dejó que lo arroparan–. Todo irá bien –repitió por última vez antes de que su padre y ella le dieran un beso de buenas noches; Billy asintió como si la creyera y cerró los ojos.

Entonces Billy esperó. Esperó a que su madre y su padre salieran del cuarto después de que se quedaran mirándolo un buen rato. Esperó a que sus pasos se perdieran por el pasillo y sus voces se apagaran. Esperó a que el silencio lo llenara todo, y lo único que se oyera fueran los crujidos de la vieja casa. Esperó a que la luna estuviera en la esquina superior de su ventana.

Y en ese momento Billy abrió los ojos.

Iba a comenzar la mayor de las venturas hasta el momento.

Iba a encontrar a Ollie.

12

La guarida de zozo

Quizá *esto sea un juego*. Eso fue lo primero que pensó Ollie. Podría ser una especie de «ventura de boda», un juego en el que unos tipejos con flores te meten en un saco y te llevan a algún sitio a esconderte. Algo así como el escondite. A Billy se le daba muy bien el escondite. No le costaría nada encontrar a Ollie. ¿O se suponía que Ollie tenía que encontrar a Billy? ¿Y quiénes eran estos tipos de las flores?

Pero el tiempo pasaba –mucho tiempo, al parecer– y Ollie seguía en el saco.

Hala, esta partida de escondite es muy larga, pensó Ollie. Y muy incómoda. A Ollie lo llevaban dando brincos, le dejaban caer y le daban golpes. *Los tipos de las flores juegan a lo bruto.* Y luego, sin más, lo tiraron del saco al suelo frío y duro de... ¿Qué sitio era ese?

No había visto nunca una sala como aquella. Era grande, lo bastante como para que tuviera eco. Y todo estaba cubierto de sombras.

Ollie seguía deseando que aquello fuera el escondite.

–Preparados, listos, ya –dijo, y su voz resonó con tristeza antes de perderse en el silencio–. De acuerdo. ¡No me la ligo! –insistió. De nuevo sonó el eco, aunque en esta ocasión también se oyeron susurros.

–No se la liga...

–Pues no. No se la liga...

–No. No. No se la liga.

Cuando los ojos de Ollie se acostumbraron a la oscuridad, distinguió formas que colgaban de las paredes a su alrededor. Había docenas de siluetas. Todas murmuraban. Se acercó a un lado de la sala y vio que eran juguetes. Montones de juguetes. Como él. Pero distintos. Estaban sucios y descoloridos. Muchos tenían partes rasgadas –muchas partes– y se les salía el relleno del brazo o de la pierna, o les faltaba una oreja. Muchos estaban atados a la pared con puntiagudos nudos de alambre. El alambre parecía muy apretado: a muchos juguetes les había abierto la tela. A Ollie aquello le pareció una forma horrible de almacenar juguetes. Dejó de pensar en el escondite y empezó a preguntarse quién había hecho aquello y por qué.

–Ejem..., disculpa –dijo Ollie al osito de peluche que más cerca estaba de él y que parecía mirarle directamente, aunque era difícil de saber con exactitud, pues le faltaba un ojo y el que conservaba seguía en su sitio gracias a una especie de gafa para un solo ojo–. ¿Eres uno de los juguetes de los padres de Billy, del ático o algo así? ¿Estamos en el ático? No sé si

Billy me va a encontrar aquí. Vamos, que nunca le dejan subir aquí solo.

–¿Quién es Billy? –preguntó el juguete tuerto.

Ollie lo miró sorprendido. Quizá el osito tuerto llevaba muchísimo tiempo en el ático y nadie le había hablado de Billy.

–Billy es mi niño. Vive en esta casa. Porque estamos en el ático, ¿verdad?

–Aquí no vive ningún niño –explicó otro juguete cercano, una especie de elefante.

–Y esto no es un ático –añadió un dinosaurio de brazos regordetes.

El osito tuerto dijo:

–Estás en la guarida de Zozo.

–¿Qué es un Zozo? –preguntó Ollie, pensando que quizá era el nombre del juguete preferido del padre de Billy.

–Ya lo verás –respondió Osito Tuerto apartando la mirada.

De nuevo hubo silencio, y Ollie intentó orientarse. Pensó que lo mismo todo aquello tenía que ver con la boda.

Un conejito enmohecido y lastimoso que tenía una zanahoria minúscula cosida a una pata interrumpió su pensamiento.

—Eres un preferido, ¿verdad?

Ollie asintió y dijo:

—El preferido de Billy.

—Yo también fui un preferido —intervino Elefante—. Hace mucho. Todos fuimos preferidos..., hace mucho —añadió con un suspiro.

—¿Quién te hizo preferido? —Ollie le preguntó a Elefante.

Los ojos de plástico de Elefante se iluminaron un instante, pero se apagaron igual de rápido, volviéndose negros y sin brillo.

—Una niñita.

Y se alejó cabizbajo.

–Ya no recuerda cómo se llamaba la niña –explicó Conejo Zanahoria–. Es lo que ocurre cuando pasas el suficiente tiempo en la guarida de Zozo. Te olvidas de tu niño.

Los demás juguetes refunfuñaron para mostrar su acuerdo.

–Eso es imposible. Yo nunca olvidaré a mi niño –exclamó Ollie–. ¡Nunca olvidaré a Billy!

De nuevo silencio. Silencio mortal. Ollie sentía las miradas de todos los juguetes. No solo las de Dinosaurio y Elefante, sino todas las demás, las de aquellas formas inidentificables en la oscuridad.

Cuando Osito Tuerto volvió a hablar, no pareció hacerlo con maldad, sino como si estuviera constatando un hecho:

–Espera y verás.

Pero Ollie no quería esperar. Aquel lugar no le gustaba nada. Era oscuro y olía mal, más o menos como el sótano en la casa de Billy, es decir, a humedad y moho, pero mucho peor.

–Me quiero ir ya.

Ollie no pretendía decirlo en voz alta, pero debió de hacerlo, pues las siluetas respondieron con un murmullo.

–A veces algún juguete logra escapar –reconoció Elefante.

–Pero los espantos siempre los traen de vuelta –añadió Conejo Zanahoria.

–¿Son los tipos que me trajeron hasta aquí? –quiso saber Ollie.

–Sí –repuso Osito Tuerto–. Y te retendrán aquí.

–Pues a mí no podrán retenerme. Yo me marcho –afirmó Ollie–. Y además traeré a mi Billy para que os ayude a escapar.

Entonces empezó a buscar una salida.

Los juguetes seguían mirándole con ojos apagados. Ollie oyó a alguien decir:

—Los novatos nunca se lo creen.

Y Ollie, que hasta entonces había sentido bastante valor, de pronto sintió un atisbo de «desvalor». Empezó a temblar, lo justo para que el corazón-cascabel en su interior empezara a tintinear. Si los demás juguetes oían aquel sonido, no dijeron nada. Pero Ollie sí lo oía, lo sentía, y le recordaba a Billy y a la madre de Billy, que había hecho a Ollie con sus propias manos para que cuidara de su hijo. Eso le hizo sentir más fuerte.

Voy a salir de aquí, dijo para sus adentros. Miró a mano izquierda, luego a pata remendada, luego de nuevo a mano izquierda. Vio que había una apertura oscura y húmeda, e intuyó que esa debía de ser la salida. Ollie se estremeció de nuevo, haciendo tintinear el corazón-cascabel, pero esta vez fue de los nervios de avanzar por las sombras. En ese momento, oyó una fuerte voz.

—¡ESTE NO PUEDE SER!

Ollie nunca había oído una voz así.

Volvió a retumbar:

—¡NO ES MI PREFERIDO!

La voz era rabia pura, era odio, cosas que Ollie nunca había experimentado pero que ahora sentía. Se dio la vuelta y vio lo que antaño debió de ser un juguete. Era un payaso.

Ollie sabía cosas de los payasos. Había estado con Billy en el circo. Se suponía que eran seres alegres y divertidos. Pero a menudo no lo eran. Incluso con una sonrisa en los labios, su mirada a menudo transmitía tristeza.

Sin embargo, el payaso que estaba enfrente de Ollie ni siquiera intentaba sonreír. Su boca roja estaba dada la vuelta en una mueca desdeñosa y terrible, y sus cejas negras trazaban una V profunda en la amplia frente. La pintura de su cara estaba desconchada y agrietada, y el óxido parecía estar devorándolo. Tenía un sombrero puntiagudo que se torcía formando un ángulo agudo. Pero sus ojos no estaban tristes. Sus ojos eran aterradores. Eran negros como el carbón y parecían ver el interior de Ollie.

–No es más que un peluche –gruñó Zozo a sus espantos, que caminaban a su lado–. Este no puede ser.

–Pero es un preferido, Zozo –afirmó Superespanto. Zozo volvió hacia él su mirada. Entonces corrigió sus palabras con humillación–: Perdón, ¡jefe!

Zozo emitió un sonido de disgusto.

–Además, es un hecho-a-mano.

Ollie nunca había sentido miedo de verdad. Pero lo que sentía en ese momento, esa sensación de duda terrible –no saber quién era aquel juguete, qué pintaba él en ese lugar, qué querían de él, no saber nada– tenía que ser miedo. Los padres de Billy siempre decían «no tengas miedo», y Billy no tenía miedo, así que Ollie por el momento decidió que él tampoco lo tendría.

–Soy Ollie –dijo Ollie, y su voz no sonó en absoluto asustada. Se aclaró la garganta para hablar más alto–. Ese es mi nombre. Y tu nombre es Zozo. En cierto modo es como «Ollie»: tienes dos zetas y yo tengo dos eles, y la zeta es la última letra del abecedario. Pero tienes dos oes, mientras que yo solo tengo una. Ojalá mi nombre tuviera dos zetas y dos oes. Tienes un nombre muy chulo.

Se produjo un silencio mortal. Nadie decía nada. Nadie se movía.

Luego se oyó un ruido extraño. Una especie de ruido oxidado y confuso.

Ollie comprendió que era risa. Zozo se estaba riendo.

–¡Qué gracioso! –dijo Zozo, y miró a sus espantos–. Es gracioso, ¿verdad?

Los espantos lo entendieron a la primera. Empezaron a reírse. Más y más alto, porque parecía agradar a su jefe.

–¡Sí, es muy gracioso! –exclamó el espanto 1.

–¡Buenísimo! –añadió el espanto 2.

–Zozo es un nombre chulo –dijo Zozo. Y después la risa paró de golpe.

Los espantos tardaron un rato más en darse cuenta de que la broma ya había pasado, y Supe-respanto tuvo que darles en la cabeza a espanto 1 y espanto 2 para que dejaran de reírse, pero al final volvió el silencio.

–Tú y yo no nos parecemos *en nada,* peluchito –se burló Zozo. Después añadió dirigiéndose a los espantos–: ¡Atadlo!

Antes de que Ollie pudiera protestar, los espantos lo agarraron y lo subieron por el above-dado techo de la sala. Allí, entre los demás prefe-ridos tristes, empezaron a amarrarlo con fuerza a un gancho viejo e irregular que sobresalía del húmedo hormigón. Cuando el alambre le apretó con más fuerza, Ollie temió que se le abrieran las

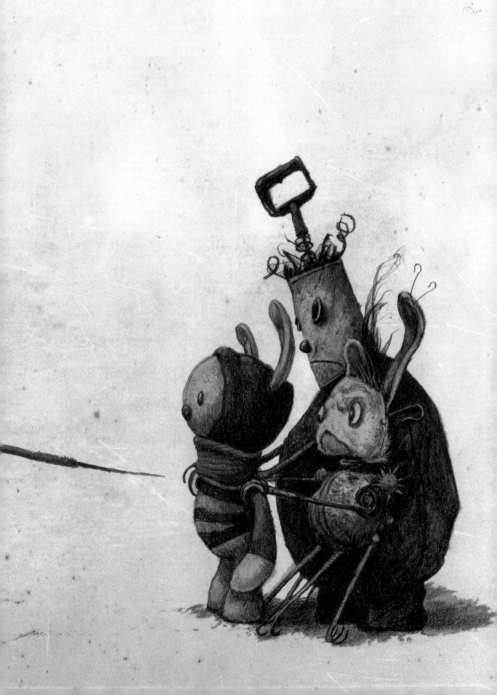

costuras. El cascabel de su corazón emitió un tintineo agudo.

–¡Esperad! –bramó Zozo desde abajo. Los espantos se quedaron helados. Ollie no sabía si albergar esperanzas o tener miedo. Zozo se dirigió a él–: ¿Qué ha sido eso?

Los espantos no estaban seguros de lo que estaba preguntando. El espanto 2 se puso a menear un brazo y produjo un sonido metálico similar al cascabel de Ollie.

–¿Este ruido, jefe? –preguntó.

Zozo siguió observando, perforándolos a todos con la mirada. Los demás espantos se apresuraron a hacer sonar sus chirriantes y quejumbrosos codos, tobillos, brazos, piernas y cabezas hasta que formaron una especie de sinfonía metálica bastante desagradable.

Entonces, Zozo gritó:

–¡BASTA!

Se volvió disgustado y se alejó de ellos andando.

–¡Ollie con dos eles! –dijeron los espantos para burlarse.

–Ejem..., ¿cuánto tiempo voy a quedarme? –consiguió preguntar Ollie–. Es que Billy me esperará a la hora de dormir.

Uno de los espantos se echó a reír.

–El conejito-osito de peluchito quiere irse a casa.

–Quiere saber cuánto tiempo se va a quedar.

Las risas aumentaron.

–Ay, qué bueno.

Ollie también quiso reírse. Pero antes de que pudiera hacerlo, el espanto 1 gritó:

–¡PARA SIEMPRE!

Ollie dejó de reír. Los espantos, en cambio, no. Su risa siguió haciendo eco mucho después de que se fueran trepando a otra parte de la horrenda red de túneles.

Ollie cerró los ojos e intentó creer que estaba de vuelta en casa, en la cama de Billy. Intentó imaginar qué estaría haciendo Billy en ese momento. Intentó entender cómo evitar quedarse para siempre en aquel lugar.

13

Quesitos y sables de luz

Todo el tiempo que Billy había esperado que sus padres se fueran, que sus voces desaparecieran y que la casa se quedara en silencio, lo había pasado haciendo más cosas que combatir el sueño. Había estado planeando. Había estado planeando la PELIGROSA MISIÓN SECRETA DE ALTO SECRETO PARA RESCATAR A OLLIE durante lo que le habían parecido al menos doscientas diecisiete horas, o quizá hasta después de medianoche. Miró el reloj de cuco, con el pajarito azul que asomaba cada hora, pero Billy en realidad nunca sabía qué hora era porque le había arrancado las dos manecillas «de pequeño». A decir verdad, había sido cinco meses antes, aunque parecía que había pasado tanto tiempo que tenía que haber sido «de pequeño».

Recapacitó lo que metería en la mochila para su misión. «Recapacitar» era una de las palabras más largas que conocía. «Re. Ca. Pa. Ci. Tar.» ¿Por qué «recapacitar» era una palabra tan larga cuando no significaba más que «pensar»? Quizá era otra forma que tenían los adultos de complicar algo más de lo que era. Los adultos hacían eso todo el tiempo.

Pero recapacitar y pensar tanto había mantenido su mente activa y muy despierta. Había llenado la mochila con prácticamente todo lo que, según él, podría necesitar:

1. **El sable de luz.** Tenía el altavoz roto, por lo que ya no hacía ruidos de sable, pero eso estaba bien, porque Billy quería mantenerse en alto

secreto y para ello tenía que ser muy silencioso. La parte de luz del sable era importante. Le ayudaba a ver (bueno, más o menos) a oscuras, y, puesto que ya había pasado la medianoche, habría un montón de oscuridad. Y la oscuridad..., daba miedo, por mucho que le dijeran. Las tinieblas dan miedo cuando eres un niño pequeño, y como Billy estaba solo, la oscuridad iba a ser algo muy grande, algo que inundaría-el-aire-a-su-alrededor-y-luego-DARÍA MUCHO MIEDO. Además, el sable de luz era un aparato de protección en caso de que hubiera perros, hombres lobo, zombis locos o monstruos de CUALQUIER TIPO.

2. **Lápices de colores.** Billy no estaba seguro de que los fuera a necesitar. Pero le hacían sentir seguro.

3. **Quesitos y galletitas saladas con forma de pez.** En caso de que el viaje fuera muy largo y se muriera de hambre.

4. Cuatro piruletas de manzana verde. Sabían bien y Billy a veces fingía que le hacían invisible.

5. Un par de puñados de soldaditos de plástico y un Pegaso de plástico blando. Nunca se sabe cuándo puedes necesitar soldaditos de plástico. Quizá cobraran vida por arte de magia y salvaran a Billy, ¿verdad? Además, un Pegaso de plástico pequeñito y suave era algo que todo el mundo debería llevar consigo pase lo que pase.

Eso era todo. Lo demás iba en los bolsillos de su sudadera con capucha: los números de teléfono móvil de sus padres, su dirección y más quesitos.

Billy se puso su pijama favorito. Se puso sus zapatillas más rápidas (tenían una especie de cojín de aire en su interior). Puso la almohada debajo de las mantas para que pareciera que estaba durmiendo en la cama y se volvió para echar un último vistazo a su habitación antes de salir de puntillas por el pasillo.

–Adiós –le dijo a todo–. Volveré en cuanto pueda.

14

Un cuarto de las malas obras

Cuando Zozo se acomodó en su sala de trabajo, estaba preocupado. Aquel cuarto era quizá su único consuelo. En él Zozo había intentado cambiar su pasado y buscar venganza. Era el cuarto donde había fabricado a sus primeros espantos con trocitos de juguetes sobrantes de la antigua feria, los juguetes que nunca habían vivido la compañía de un niño. Nunca se habían sentado en la hierba bajo un árbol y nunca habían sido los héroes en una aventura imaginaria. Nunca los habían abrazado con fuerza en una cuesta abajo. Nunca los habían estrechado bajo las mantas durante una tormenta eléctrica terrible. Nunca habían sido un amortiguador amable contra la tristeza, ni habían sentido la alegría de que los lanzaran por los aires, o que los abrazaran o que jugaran con ellos. Nunca habían sido lo único que hace que todo esté bien para un niño.

Por ello, esos juguetes decaídos que no conocían el amor eran perfectos para las necesidades de Zozo. No habían estado más que con Zozo, y solo podían aprender de su apagado comportamiento. Zozo se aprovechó de la situación, obligándolos a hacer las cosas que él no podía. Zozo estaba oxidado y se movía con lentitud. Y, a decir verdad, temía el mundo exterior. Lo que ocurría al salir de su guarida estaba fuera de su control. Pero en aquel lugar, aquel cuarto de malas obras, era el soberano absoluto, y los espantos cumplían todas sus órdenes. Ásperos, rápidos y malvados eran los espantos. Podían moverse con tanto sigilo que ni siquiera los pájaros, las ardillas y los perros los oían llegar la mayoría de las veces. Los juguetes preferidos no tenían ninguna posibilidad cuando los espantos les echaban el ojo.

Eran una panda traicionera pero animada. Disfrutaban de ser espantos. Les gustaba ser malos y robar juguetes. Pero cuando Zozo se quedaba callado y quieto, como aquella tarde, ellos se quedaban más callados y más quietos todavía. Zozo era temible cuando le daba un «silencio», que era el nombre que le habían dado a aquel humor. Significaba que Zozo estaba «recordando», y eso era algo que nunca acababa bien.

Zozo se sentó ante su larga mesa de trabajo, que estaba cubierta de fragmentos de juguetes viejos bien amontonados: brazos, piernas, cabezas, cuerpos, orejas, colas, tela, hilo y trocitos de metal, así como muelles oxidados, grapas, tornillos y tuercas con pernos. Eran el mismo tipo de materiales que había utilizado para crear a los espantos. Pero en mitad de la mesa, sobre un pedazo de tela bonita y limpia, yacía un juguete que, obviamente, era especial, pues lo había construido con sumo cuidado y habilidad rigurosa. Era una bailarina, y estaba claro que pretendía ser Nina. Pero, a pesar de tanto detalle y cuidado, por alguna razón, no era Nina. La tela y los colores del rostro se parecían mucho: Zozo las había unido a partir de trocitos de preferidos que se parecían lo más posible a su recuerdo de Nina. Pero algo muy parecido puede estar muy, muy lejos de lo que lo que uno quiere, o necesita, o espera.

Zozo se sentó en el viejo y podrido trono, al que se le había ido cayendo casi toda la pintura dorada, y se quedó mirando en silencio aquella muñeca inerte de sus recuerdos y de su creación. Los espantos estaban preocupados. Y hacían bien en preocuparse. Puesto que Zozo estaba recordando un sonido, un sonido que había oído hacía mucho, mucho tiempo. Un cascabeleo.

15

Medianoche en el pasillo de los monos gigantes

Billy recorrió el pasillo que conducía a la puerta principal. Todo estaba oscuro, salvo por un resplandor oscilante que provenía de la sala de estar. *La tele está encendida*, observó Billy, pero no le preocupaba. Era lo bastante tarde. Sus padres siempre se quedaban dormidos. Sobre todo si el programa era bueno. No obstante, se asomó con cautela a la sala de estar. Sí, ahí estaban su madre y su padre despatarrados en el sofá en forma de

«L» como muñecos de trapo y profundamente dormidos.

Habían estado viendo ese canal, el de todas las películas en blanco y negro, las que venían de lo que su padre llamaba «los buenos tiempos». A Billy aquellas películas le parecían interesantes pero extrañas. En las películas de los-buenos-tiempos no había colores. Solo había blanco, gris y negro. Todos los padres llevaban sombrero y las madres llevaban vestidos ajustados, y los coches eran grandes y redondeados. A TODAS LAS PERSONAS les salía humo de la boca y de la nariz cuando hablaban. Llevaban entre los dientes esos palitos extraños de los que también salía humo y que se llamaban cigarrillos. Y la gente hablaba muy deprisa. Además, al parecer todos tenían pistola. Se quedaban por ahí hablando rápido, echando humo por la boca y casi siempre después de un rato sacaban las pistolas, hasta las madres, y luego la música sonaba muy fuerte y todo el mundo –mamás, papás, gente abuela– se liaban a tiros.

Billy había pensado mucho en todo aquello y había concluido que la gente tenía un problema de rabia en los tiempos en blanco y negro.

Pero esa noche el canal en blanco y negro estaba retransmitiendo algo todavía más extraño que de costumbre. Billy a duras penas podía creer lo que veía, y se sintió atraído por la pantalla. Sin darse cuenta, había entrado en la habitación y se había quedado boquiabierto. Un gorila –un gorila grande, muy grande, un gorila como una casa de grande– estaba subido a lo alto de un edificio altísimo y puntiagudo. No solo eso: llevaba a una señora de tamaño normal que parecía una muñeca en la mano enorme del simio.

Y había aviones, aviones muy raros, con dos pares de alas. Los pilotos ni siquiera estaban dentro del todo, pues les asomaban las cabezas. Disparaban al gorila con esos pistolones que llevaban amarrados a la parte delantera del avión, y el gorila estaba enfadadísimo, lo cual tenía sentido para Billy, y entonces el gorila dejó a la chica en el suelo, y ella gritaba, y eso también tenía sentido para Billy, porque no llevaba abrigo ni nada y tenía que hacer frío allí arriba, y luego el gorila agarró uno de los aviones y lo lanzó hacia abajo, y el avión se estrelló contra un edificio.

Entonces un tipo dijo: «¡Tenemos que salvar a Ann!». Billy pensó *Ah, la chica del gorila se llama Ann, y están intentando salvarla del gorila...*

Salvar...

Salvar... ¡Oh! Billy parpadeó. Eso era lo que *él* tenía que estar haciendo. Se suponía que iba a salvar a Ollie. Se fue de puntillas de la sala de estar y pasó por delante de sus padres, que seguían dormidos. No entendía cómo podían quedarse dormidos viendo cosas tan alucinantes. Echó otro vistazo a la televisión. El gorila seguía furioso. Cuando Billy avanzaba lentamente por el pasillo, oyó los poderosos rugidos del grandullón. Al abrir la puerta principal con todo el sigilo que podía, percibió el ruido de los aviones y el traqueteo de sus armas, que era rápido y agudo como un palo rozando una alambrada.

Billy cerró la puerta y se alejó de la casa, enfrentándose a la enorme oscuridad de la noche. Sabía que lo que estaba a punto de hacer era ilegalísimo y se metería en un lío gigante (si le pillaban), y que quizá aquella salida iba a dar más miedo que cualquier otra, pero en ese momento su mente había ido a un lugar nuevo. Era un lugar en el que la imaginación y la realidad se habían mezclado y no podía dejar de pensar en el gorila, porque el gorila parecía estar en un buen lío, y a Billy le daba pena. Quizá el gorila se hubiera metido en el lío por una buena razón. Y pensó: *Espero que sea una historia real. Espero que no sea algo imaginado.* Y le deseó lo mejor al gorila, y que todo le fuera bien.

16

La feria oscura

Los juguetes apresados eran una panda triste y desesperada. Pero cuando llegaba un nuevo preferido, se espabilaban, aunque fuera solo un poco. Los novatos siempre les mostraban un atisbo de sus vidas pasadas. Ahora, con la llegada de Ollie, el nuevo preferido, empezaron a preguntarle por «su niño».

–¿Tu niño es amable? –preguntó Conejo Zanahoria.

–¡Oh, sí! –contestó Ollie entusiasmado–. Es de lo más amable. Amable. Más que amable. ¡«Amabilísimo»!

–¿De qué tamaño es? –quiso saber un pulpo al que le faltaba un tentáculo.

–Pues empezó siendo un poquito más grande que yo, pero eso fue hace seis cumpleaños. Ahora tiene seis cumpleaños y es medio grande.

Todos los juguetes dijeron cosas como «oooh» o «ajá» o «hmmm», como si entendieran algo. Como si recordaran algo. Así que Ollie les habló de Billy. Les contó que de pequeño tenía muchas fugas, que siempre estaban juntos y que su color de pelo era como suciedad mezclada con arena; les explicó también a qué olía después de bañarse, lo que significaba que les arroparan y los babazos, las grandes venturas y ñam. Cuanto más hablaba, más les gustaba a los demás juguetes, y Ollie se dio cuenta de que a él mismo también le gustaba. Hablar de Billy le hacía sentir seguro, feliz y menos antiheroico, incluso estando atado allí en una extraña prisión para juguetes.

De algún modo, ese sentimiento estaba llenando y ayudando a todos los juguetes tristes a *sentir* y a *recordar*. Ollie les contó entonces que Billy había tenido un agujero en el corazón, pero que ya había desaparecido. El médico lo había dicho. Luego Ollie les dijo, lleno de orgullo, que él también tenía un corazón: un cascabel que le había cosido la madre de Billy en el pecho. Se golpeó en el pecho con la mano que tenía libre y el cascabel tintineó lo bastante fuerte como para que todos lo oyeran. Todos, incluido Zozo.

–¿De dónde viene ese cascabel? –preguntó Osito Tuerto.

Ollie estaba a punto de contestar cuando se oyó un horrible estruendo que provenía del cuarto de Zozo. Le siguió una explosión de gritos tan fuerte que los juguetes se echaron a temblar, y de sus cuerpos se desprendió polvo y arena, creando una neblina que oscureció aún más la sombría sala.

–¡TRAEDME AL HECHO-A-MANO! –aulló Zozo.

Ollie oyó el clamor de los espantos que se empujaban entre ellos y chocaban por todas partes, y comprendió que iban en su busca. Al mismo tiempo, sintió que algo le tiraba del pie. Miró hacia abajo y se le abrieron los ojos como platos. Una torre de preferidos, en equilibrio unos sobre otros, como si estuvieran en el circo, trataba de alcanzarlo.

–¿Esto es un plan? –preguntó Ollie a Osito Tuerto, que estaba en lo alto de la torre tirándole del pie.

–Sí –dijo Osito Tuerto–. ¡Es nuestro plan para tu fuga!

–Entonces, de acuerdo.

Osito Tuerto tiró de la pierna de Ollie con todas sus fuerzas y lo liberó. Sin embargo, la fuerza del tirón precipitó a todo el montón al suelo. Zozo seguía gritando y los espantos parecían estar a apenas unos pasos de distancia.

–¡Corre! –instó Conejo Zanahoria a Ollie–. ¡Nosotros los entretendremos!

Elefante señaló a una zona oscura de la pared y dijo:

–Eso es un túnel. Te sacará de aquí.

Ollie no esperó a que se lo repitieran. Corrió hacia la apertura. Le costó un rato entender que era el único que corría. Se dio media vuelta.

–¡Ya es tarde para nosotros! Hemos olvidado demasiado. ¡Pero tú todavía recuerdas! –insistió Elefante.

Ollie miró a Elefante y a los demás. Todos asentían. Los espantos pululaban por la sala de la prisión.

Todos los juguetes, uno tras otro, rompieron sus cadenas. Saltaron sobre los espantos, los golpearon y se lanzaron contra ellos.

–¡Corre! –gritó Elefante.

–Volveré, os lo prometo –dijo Ollie con toda la intención de su corazón. Después se dio la vuelta y echó a correr.

El túnel era retorcido y oscuro. Ollie oía que los espantos le gritaban a través del ruido del forcejeo y la batalla. ¡Los espantos sabían lo que tramaba! ¡Sabían que había escapado y lo estaban persiguiendo! Los ecos eran como una pesadilla. Algunas veces parecía que los espantos estaban justo detrás de él y otras veces parecía que habían logrado adelantarlo.

Ollie corrió y corrió hasta que pensó que ya no podía más. Entonces el túnel acabó de golpe, sin previo aviso, y cayó de bruces –*plaf*– en una superficie blanda y sucia llena de barro y agua. Ollie nadó hacia la poca luz que veía frente a él, hasta que llegó a una orilla de tierra embarrada cubierta de hierba. No le gustaba el agua. Le recordaba al interior de la lavadora. En ese momento se sentía todavía más solo.

Ollie se esforzó por ponerse de pie en el barro. Alzó la mirada y vio el cielo estrellado. ¡Había vuelto a la superficie! Eso era bueno. Pero entonces oyó el rumor de un trueno. Eso no era tan bueno. Las estrellas empezaron a apagarse cuando unas nubes negras cubrieron el cielo. Tenía que seguir avanzando.

Se giró para saber de dónde había venido y vio una cara gigante sonriéndole y un cartel que decía «TÚNEL DEL AMOR». Flotando en las aguas poco profundas junto a la boca del túnel, había una barca triste y vieja con forma de cisne. Estaba en la feria oscura. ¡Estaba seguro! A los niños nunca les dejaban acercarse por allí.

Ahora lo único que le quedaba por hacer era enfrentarse a la enorme y oscura noche y encontrar el camino hasta casa y hasta Billy.

17

Luciérnagas

Una cosa es decidir que te vas a embarcar en la mayor de las venturas para encontrar a tu juguete preferido. Otra muy distinta es hacerlo de verdad.

Billy había conseguido llegar al porche delantero. Se quedó mirando la oscuridad. Sabía que tenía que bajar las escaleras y después avanzar calle abajo por el camino de entrada. Esa parte sería fácil. Lo había hecho un millón de veces. Pero no estaba seguro de lo que tendría que hacer después.

Al ir a la boda, ¿su padre había girado a la derecha o a la izquierda? Billy cerró los ojos. Primero tenía que estar seguro de que recordaba cuál era la derecha y cuál la izquierda. *De acuerdo. Yo dibujo con la mano..., derecha*, se dijo. Levantó el brazo derecho por el codo, como si estuviera saludando.

Ollie no estaba de acuerdo con los conceptos «mano derecha» y «mano izquierda». Siempre decía «pata remendada» y «por el otro lado». Tenía la parte inferior de la mano (o la pata) derecha remendada. Un día Billy y él se habían enganchado con una zarza y habían salido algo malparados. A Ollie se le habían abierto las puntadas en la pata derecha, así que la madre de Billy le había puesto un parche amarillo para cerrarlo. A Billy le tuvieron que poner tiritas en la barbilla, el codo y, ¡qué coincidencia!, la mano derecha. Ollie estaba fascinado por las tiritas; las llamaba «remiendos», y había disfrutado mucho del hecho de que Billy y él tuvieran «patas remendadas» a juego, a pesar de que el remiendo de Billy tuviera un dibujo de un dinosaurio y el de Ollie fuera del mismo color que su pata.

Así pues, con la mano derecha alzada, Billy sintió una especie de sensación de valor, porque pensar en rescatar a Ollie le infundía ese sentimiento. También cayó en que el coche de su padre había ido a la derecha al salir del camino de entrada. *Es a pata remendada*, decidió Billy, y giró a la izquierda. *Ay, espera*, pensó Billy. *Ese es el otro lado.* Así que giró a pata remendada. ¿Por qué era tan difícil aclararse con eso? En fin... El parque estaba a la derecha, y llegar hasta allí andando no era difícil. Lo había estado haciendo por sí mismo desde hacía ya un año entero. No era para tanto.

Excepto que..., nunca había ido hasta el parque de noche. ¿Cómo era posible que la noche fuera..., esto..., tan **oscura**?

Las cosas mejoraron al llegar a una farola que creaba un enorme círculo de luz. Era el lugar perfecto para descansar entre la oscuridad. Así era cómo lo entendía Billy: un descanso dentro de un hermoso círculo de cálida luz antes de volver a adentrarse en la oscuridad.

Billy hizo un cálculo rápido. Quedaban otras ocho farolas para llegar al parque. Después había una luz muy grande en la entrada. Descansó un rato. No había nadie más fuera. Todo el barrio parecía estar completamente vacío. Daba sensación de extrañeza, de silencio y de soledad. Sabía que la gente estaba en el interior de las casas. Pero no lo *parecía*. Una brisa ligera arremolinó y agitó hojas en la acera como si fueran tropecientos esqueletos minúsculos que se le acercaban a hurtadillas. Billy decidió que el descanso había terminado y que debía volver a andar, y rapidito. No tenía *miedo*, EN ABSOLUTO, pero sentía mucho alivio cada vez que llegaba a una farola. El alivio duró hasta que llegó al parque. Porque entonces lo recordó: el parque estaba *en la acera de enfrente.*

Eso significaba que tenía que cruzar una calle. Solo. Sin el señor B. Sin un adulto.

Billy lanzó un suspiro enorme, largo y preocupado, un suspiro de «esto es imposible». ¡Había llegado tan lejos *solo*! Pero no podía cruzar solo una calle. Iba contra la ley. Por un momento temió que saltara alguna alarma o algo, que la policía bajara la calle, lo detuviera y se lo llevara a la cárcel, porque en ese caso no podría encontrar a Ollie. Pero entonces cayó en la cuenta de que nunca había oído ninguna alarma cuando otros niños habían cruzado solos la calle. Así que...

Respiró profundamente.

Miró a la derecha (o a pata remendada) y después a la izquierda, y de nuevo a pata remendada, tal y como le habían enseñado. Lo repitió otras tres veces. Ni coches ni gente, solo hojas aterradoras que hacían un ruido muy de Halloween. Puso un pie en la calzada, luego el otro.

¡Y no pasó *nada*!

Hala.

Billy cruzó la calle a toda prisa por si acaso la alarma era lenta o algo. Jolín, lo que tardó en cruzar... No era más que una calle normalita, pero, al estar solo, se le había hecho veinte veces más ancha. Tardó *una eternidad* en cruzar. Pero al fin llegó al otro lado. Esperó. Ni alarmas. Ni policías. Todo despejado. Solo viento y hojas.

Y el miedito.

Hala. Verás cuando se lo cuente a Ollie, pensó Billy, pero aquel momento de victoria pasó pronto. No tenía ni idea de hacia dónde avanzar. Era un problema enorme. Además, ¿a quién quería engañar? No era más que un niño. ¿Cómo iba a llegar a oscuras y solo al lugar de la boda a rescatar a Ollie?

Sacó el sable de luz. Porque a partir de donde estaba habría un montón de oscuridad.

Y..., y..., ¿si nunca encontraba a Ollie? No solo esa noche, sino ninguna... Y ¿si no llegaba a contarle esa ventura enorme? Recordó una película que había visto en el canal de películas de su padre. Era a todo color. Daba miedo, pero era maravillosa. Había una chica con zapatos rojos que quería volver a casa, y lo único que tenía que hacer era encontrar a un hombre llamado Oz. Para encontrar al hombre mágico de Oz, unas personas minúsculas que cantaban todo el tiempo le dijeron a la chica que siguiera el camino de baldosas amarillas. Billy deseó que las calles a su alrededor tuvieran algún color, porque SERÍA DE GRAN AYUDA, pero todas eran oscuras y grises.

Billy se quedó al borde del parque y empezaba a tener miedo. ¿Cuántas farolas quedaban para llegar al lugar de la boda? No recordaba que el coche de su padre tomara muchas curvas. Miró más allá de la entrada del parque, hacia la siguiente hilera de farolas, y entonces vio un resplandor extraño frente a él. Era una luz diferente de la de las farolas, más bien como una nube. Una nube de luces burbujeantes.

¡Luciérnagas! Eso eran. Cientos de ellas. Volando sobre la cabeza de Billy.

La visión era tan... fantasmal, aunque hermosa, y no daba miedo. Además, le encantaban las luciérnagas. Ollie y él solían atraparlas con tarros de cristal... ¡Pero espera! Algo extraño estaba ocurriendo. Las luciérnagas empezaron a moverse como si fueran una. La nube de luces avanzó a través de la verja del parque. Billy supo que tenía que seguirlas. Serían su camino de baldosas amarillas.

18

una partida de lanzamientos

Ollie llevaba huyendo de Zozo bastante tiempo. Había atravesado la feria oscura sin siquiera percatarse de lo raro que era aquel lugar. No había pensado en ir a la derecha o a la izquierda o a «pata remendada» o al «otro lado». Se limitaba a correr todo lo rápido que podía correr un juguete que apenas superaba los treinta centímetros y cuyas piernas medían menos de quince. Sabía que los espantos le seguían, que eran sigilosos, rápidos y que seguramente se les daba muy bien seguir y capturar a juguetes que «se daban a la fuga». Así que se limitó a correr a ciegas y a toda prisa. Atravesó barro, zanjas, maleza y zarzas tan rápido que, incluso cuando se le enganchaba alguna parte del cuerpo en una rama o en una espina, se soltaba de un tirón para seguir avanzando.

El tiempo avanzaba y todavía no lo habían capturado, así que aminoró un poco su carrera, lo suficiente para pensar con más claridad. *Tengo que intentar no dejar huellas que puedan seguir,* se dijo. *No puedo dejar que se me deshilache la bufanda en las zarzas. Encontrarán el hilo y sabrán a dónde he ido.* Aquellos pensamientos le calmaron. Corrió, saltó y esquivó obstáculos con una seguridad que nunca antes había sentido. Era como Superollie, con la bufanda aleteando por detrás como una capa. Estiró los brazos hacia delante, como suelen hacer los superhéroes cuando vuelan, y por un instante incluso se preguntó si de hecho sería capaz de volar.

Con Billy había jugado a volar muchas veces, y jugar parecía muy real, pero sabía que era distinto. Aquello era algo que hacía con Billy. La imaginación era como un lugar extraño y maravilloso donde las cosas ocurrían según sus deseos. Era la vida real aumentada con naves espaciales y dinosaurios y monstruos y poderes tan chulos que siempre se podía salir de cualquier lío y alcanzar la victoria. A Ollie imaginar cosas era casi lo que más le gustaba. Así pues, aquella noche loca en la vida real empezó a jugar a que volaba, que volaba por encima del suelo y de los árboles e iba directamente hasta Billy. Y durante unos instantes sintió el enorme poder de su propia esperanza mientras creía que volaba, y en su imaginación volaba hasta el dormitorio de Billy a través de la ventana y aterrizaba en la almohada donde siempre dormía con su niño Billy.

Pero, de repente, algo pareció levantarlo por el aire. Por un instante, solo un instante, Ollie pensó que su imaginación había sido *tan fuerte* que había atravesado la vida real. Aunque después se dio cuenta de la verdad: un perro negro enorme lo había atrapado con la boca y estaba corriendo muy deprisa. Tan deprisa que a Ollie le parecía que era como volar.

Ollie debía de haber estado tan perdido en su imaginación que no se había dado cuenta de que el perro se le acercaba. Ahora, en cambio, oía sus ásperos jadeos mientras galopaba entre los árboles hacia una calle repleta de coches aparcados.

La experiencia de Ollie con perros era muy limitada. La familia de Billy no tenía perro, pero en el parque Ollie había visto algunos con su gente. Al parecer, los perros pertenecían a gente del mismo modo que los juguetes pertenecían a niños. Había observado a gente hablando con perros, y, aunque no se pudiera decir que contestaban, sí parecían entender. O algo así. Los perros no siempre hacían lo que su gente les pedía, y a Ollie aquello le parecía extraño. Los perros echaban a correr y su gente les gritaba «¡Vuelve, Rex! En serio, ahora, perro malo, ven aquí, he dicho QUE VENGAS».

Ollie no pensaba que los perros fueran «malos» de verdad. Le parecía que se distraían con la rareza general del mundo. Igual que le pasaba algunas veces a Billy, y entonces incumplían juntos alguna norma cuando los adultos no miraban. Por eso, Ollie había dado por hecho que este perro estaba haciendo justo eso, pero después recordó que cuando se juega a algo, se puede hacer mucho ruido, especialmente al volar, y que quizá había estado haciendo ruidos de supervuelo, o quizá, *solo quizá*, el perro había oído a Ollie imaginando cosas y había decidido ayudarlo.

—Esto... Hola, señor perro persona —comenzó Ollie—. Gracias por llevarme. ¿No sabrás por casualidad dónde está Billy?

El perro no contestó; siguió corriendo, y para entonces ya había llegado a una calle. No obstante, sí que bajó la mirada hacia Ollie, como si le sorprendiera que el juguete hablara.

A Ollie sin duda le preocupaba estar en una calle, sobre todo porque el perro no había mirado a los lados antes de cruzar.

–Señor perro amigo, como ya sabrás, cruzar sin mirar es ilegal y...

Pero antes de que Ollie pudiera acabar, algo lo sacó de un tirón de la boca del perro y lo lanzó por los aires. Ollie no sabía si estaba volando o cayendo. Antes de saber lo que estaba ocurriendo, sintió que alguien lo atrapaba. Estaba en la mano de un niño, un mayor-que-Billy que iba en monopatín. POR LA CALLE. POR LA NOCHE. Ollie no podía dejar de pensar que *Este niño tiene que ser otra clase de niño. Hace muchos «ilegales». Será una especie de niño peligro.*

Ollie observó que había varios de esos niños peligro montando en monopatín por la calle y que el perro corría a su lado. Se preguntó si serían una jauría. Como los lobos.

—¡Raudo nos ha traído un juguete! —gritó el niño que sostenía a Ollie.

—¡A ver! —dijo uno de los otros, y, de pronto, Ollie salió por los aires, y el niño A-Ver lo atrapó.

—¿Qué se supone que es? —preguntó A-Ver riendo.

—Déjamelo —pidió otro niño. Y, al momento, Ollie fue lanzado e interceptado de nuevo.

—¡Parece una mezcla de osito y conejo! —gritó Déjamelo. Y entonces los niños peligro se lo fueron pasando entre ellos, y no de buenas maneras, sino como si fuera una pelota en un juego de lanzamientos muy poco divertido.

—¡Prepárate, que va!

—¡Cuidado!

—¡Al que se le caiga se va a casa!

Los chicos zigzaguearon a toda velocidad hasta la acera, después volvieron al asfalto y desde allí fueron rodeando los coches aparcados. Ollie estaba deseando que lo dejaran caer. Y en efecto, A-Ver lo lanzó tan lejos que nadie lo atrapó. Aterrizó en la hierba junto a una curva, y ningún niño peligro fue a buscarlo. Se limitaron a reír y a alejarse patinando. Pero Raudo, el perro, sí se acercó olfateando. Ollie notó su hocico húmedo en la espalda y su cálido aliento le envolvió. El perro había dado la vuelta al juguete y se disponía a retomarlo.

—¡Venga, Raudo, déjalo! —chilló Déjamelo.

El perro levantó la cabeza de inmediato, se dio media vuelta y se perdió en la noche.

Ollie se quedó sentado y aturdido. Eran niños mayores. El tipo de niños de los que Billy le había hablado. Los que se olvidaban de sus juguetes. ¿Billy se iba a convertir en uno de esos chicos? En alguna parte de su interior surgió un sentimiento que no llegaba a entender. Su esperanza se acababa de chocar con lo que acababa de ver y experimentar, y se cuestionó la diferencia entre la imaginación y la vida real. No le gustaba sentir que una de las dos cosas era más fuerte que la otra.

19

Cuando la imaginación se vuelve majareta

Billy seguía a la pequeña nube de luciérnagas, que avanzaba lentamente formando bucles a través de las profundas sombras nocturnas del parque. Las tinieblas transformaban el parque de un modo sorprendente. Los columpios, que solían estar ocupados y en movimiento, se balanceaban a un ritmo lento y fantasmal, mecidos por el viento de la noche. Las ramas largas y bajas de los robles, que de día invitaban a escalar, se sacudían hacia adelante y hacia atrás como dedos gigantes que se alargaban fríamente hacia cualquier cosa que se acercara. Los lugares donde había jugado con Ollie y sus amigos no parecían acogedores o agradables, sino más bien misteriosos, lúgubres y un poco espantosos.

Billy intentó jugar a que Hannah, la de la nariz mocosa, estaba con él, y Perry, el de los palos, e incluso Butch, el embarrado, pero en su imaginación aparecían como versiones fantasmales de sí mismos, pálidos y tenues, con ojos brillantes y sonrisas inquietantes.

–¡Ay! –murmuró, cerrando los ojos deprisa y meneando la cabeza para hacer que desapareciera lo que había imaginado. Había olvidado que cuando se imaginaba algo, la fantasía hacía lo que le daba la gana, sobre todo cuando Billy tenía miedo. Era como si la imaginación decidiera jugársela, mostrándole cosas que en realidad no quería ver. Especialmente de noche. En la oscuridad.

Los armarios, la oscuridad de debajo de la cama y los lugares sombríos hacían de la imaginación «un cliente poco de fiar». Por lo general, a Billy eso le gustaba. Le recordaba mucho a la vida real, porque la vida real casi nunca hace lo que quieres. Pero solo le gustaba que la imaginación se volviera un poco majareta si Ollie estaba con él. Asustarse con alguien, sobre todo con Ollie, hacía que el miedo no fuera para tanto.

No obstante, las luciérnagas le hacían sentirse mejor. Por eso las seguía. Eran cosas de la vida real que parecían hechas de magia. Como los arco iris y los gusanos de luz y los colibríes y los imanes. Las luciérnagas eran tan chulas que casi costaba creer que fueran reales, y hacían que Billy se preguntara si había en el mundo más cosas demasiado buenas para ser ciertas.

Así que las siguió hacia el interior del parque, más allá de donde Billy había estado nunca, a una parte del parque que parecía salvaje y abandonada. A partir de allí, Billy no sabía si encontraría el camino de vuelta a casa. Así que decidió dejar un rastro que pudiera seguir. Un rastro de soldaditos de su mochila. El primero que sacó era uno de los más antiguos: Grongo, el hombre rama del planeta Zoxxo. Billy había tenido a Grongo desde hacía tanto que no recordaba *no* haberlo tenido. Colocó la figurita en lo alto de una roca bastante grande situada donde, según Billy, terminaba el parque y empezaba el resto del mundo.

–Mantente firme, Grongo –dijo–. Cuento contigo.

Billy siguió avanzando con la certidumbre de que le seguían unos monstruos. Pero sujetaba con fuerza el sable de luz y no miraba atrás. Entonces la pila del sable de luz se consumió. El viento empezó a arreciar, y entonces las luciérnagas, zarandeadas, empezaron a separarse y diseminarse de tal modo que Billy no sabía hacia dónde ir o a qué luciérnaga seguir. Después empezó a tronar. Al principio solo se oía el rumor de un trueno o dos, pero cada vez sonaban más fuerte y más cerca. Eso era una «malas noticias», un «rollo» y «un lío», todo en uno.

Para cuando empezó a llover y el primer relámpago iluminó el cielo, Billy pensó que estaba perdiendo toda su valentía. Algunas luciérnagas se dispersaron bajo los árboles, pero la mayoría había buscado cobijo bajo una estructura de aspecto extraño. ¡Era un niño gigante que sonreía y llevaba un sombrero puntiagudo! Por unos segundos, Billy dudó de que su imaginación se hubiera vuelto completamente majareta. ¿UN NIÑO GIGANTE SENTADO? Pero entonces se acordó: era un niño de madera y yeso. Se trataba de la entrada a la antigua feria. El lugar que los demás niños llamaban la feria oscura. El aspecto del niño gigante daba bastante miedo, pero llovía cada vez con más fuerza y los rayos y truenos estaban más cerca. Billy se acurrucó bajo el niño mientras la tormenta bramaba a su alrededor. Se sentía perdido. Tan perdido como un niño pequeño se puede sentir. Pero no estaba solo. Las luciérnagas se quedaron con él. Varias de ellas reptaron hasta su mano mientras él temblaba. Se iluminaban un instante, después se apagaban para volver a resplandecer de nuevo. Pero era difícil no ver monstruos y fantasmas y esqueletos. Por eso, Billy solo pensaba en su casa, en sus padres y en su mejor amigo, Ollie.

20

El hombre de las latas

Ollie no llevaba mucho tiempo junto a la curva cuando la tormenta empezó a acercarse. Nunca había estado fuera durante una tormenta, por lo que el viento y los truenos le parecían muy interesantes.

Ojalá estuviera aquí Billy, pensó por enésima vez aquella noche. *Las tormentas no dan tanto miedo. Son más bien* –buscó la palabra que mejor se ajustaba– *¡«gigantásticas»!* Un par de gotas de lluvia cayeron sobre su cabeza. *Lo malo era mojarse.* Deseó no mojarse más. Estar muy mojado era un rollo absoluto.

Ollie casi no podía andar si se mojaba demasiado. Pero, mientras pensaba en su nivel de humedad, oyó un chirrido que se acercaba poco a poco.

¡Los espantos! Ollie se preocupó de inmediato y se volvió en dirección al origen del chirrido. A través de la lluvia distinguió solo a un hombre que empujaba lentamente un carro de la compra. Raro, pero por lo menos no eran los espantos. El hombre llevaba varias bolsas de basura negras a modo de chubasquero y cantaba bajito, entre dientes. Ollie reconoció su canción. ¡Era el hombre de las latas! Ollie y Billy lo veían en el barrio más o menos una vez a la semana.

En efecto, el hombre se inclinó y recogió una lata de refresco de un margen de la calle. La puso de pie y la pisó una vez. La lata se quedó totalmente plana. La lanzó a una de las muchas bolsas de basura abultadas que llevaba en el carrito. Ollie supuso que todas estaban llenas de latas aplastadas.

El hombre de las latas alzó la vista, escudriñó el pavimento y el bordillo frente a él en busca de más latas. Su mirada se posó sobre Ollie.

Huy, huy, huy...

Ollie deseó que no lo *confundiera* con una lata.

El hombre de las latas empujó el carro hasta él y se quedó mirándolo más tiempo del que Ollie consideraba bueno. *Va a pisotearme, seguro.*

Entonces el hombre dijo:

—Tienes que taparte, hombrecito. Está lloviendo demasiado para ti.

Empezó a tirar de una de sus bolsas de basura y arrancó un trozo del tamaño de un pañuelo de papel. Recogió a Ollie y le envolvió la cabeza y los hombros con ternura usando el trozo de bolsa de basura como si fuese un ponchito.

—Alguien te ha perdido, hombrecito —añadió con amable preocupación—. Cuando vengan a buscarte, seguro que no quieren que estés caladito.

Ollie sintió alivio: no parecía que el hombre de las latas le hubiera confundido *a él* con una lata. Estudió su cara mientras le acababa de hacer el poncho. Era un rostro mayor. Mayor que el de los padres de Billy, de eso estaba seguro. Pero le gustaba. Las líneas y arrugas que tenía alrededor de los ojos y la boca le daban un aspecto triste pero amable. Casi como un juguete viejo.

El hombre de las latas tiró por última vez del poncho de Ollie con satisfacción. Se quedó mirando a Ollie un montonazo de tiempo, y las arrugas de su rostro se fueron haciendo más profundas. Ollie sintió el goteo de la lluvia. La expresión de la cara del hombre de las latas era desconcertante. A decir verdad, no tenía tristeza ni enfado, sino algo que Ollie no había visto nunca. Era como muchos sentimientos mezclados. El tiempo parecía haberse parado por completo. Solo caía la lluvia. La cara del hombre se había vuelto como la de una estatua, pero sus ojos estaban muy vivos. Era como si viera más allá de Ollie. Como si viera otra época. Ollie pensó de pronto: *Quizá está recordando. Quizá alguna vez tuvo un juguete como yo.* Al final, el hombre de las latas secó el agua que le caía a Ollie en los ojos y la cara. Lo puso en el suelo, apoyado en una farola y con las piernas dobladas para que pudiera estar sentado sin que asomaran los pies, procurando que el poncho lo cubriera por completo.

–Quien te haya perdido volverá a buscarte –dijo convencido el hombre de las latas.

Después, antes de darse la vuelta, sonrió como una calabaza de Halloween. Empujó el carro y retomó su camino por la lluviosa y húmeda calle.

Ollie se quedó mirándolo hasta que lo perdió de vista. El hombre de las latas le caía bien. Le había devuelto la esperanza.

21

Rastros ......

Los espantos estaban de cacería. Superespanto fue el primero en ver el rastro del perro, que se cruzaba en el punto exacto donde acababa el de Ollie. Toqueteó una de las huellas.

–Un «guau-guau» de tamaño medio –determinó–. Probablemente lo que los «humos» llaman un «retry verr». –Distinguía el rastro con absoluta claridad, que giraba desde la hierba al bordillo y desde allí calle abajo sobre el asfalto–. ¡Seguid al chucho! –gritó.

La fuga de Ollie había metido a los espantos que lo habían robado en un lío mucho peor que a los demás, porque ellos eran los que mejor conocían el mundo de Ollie y tenían la misión de seguirle. Les acompañaba un pequeño ejército, unos quince espantos en total. Corrieron para seguir el rastro del perro que había atrapado a Ollie. No les preocupaba ni la lluvia ni la tormenta, porque pocas cosas les gustaban más que perseguir a un prefe a la fuga.

Todavía no se les había escapado ninguno.

22

una amiga latosa

Sentado y encorvado con el poncho nuevo, Ollie estaba inquieto. Le preocupaba que, si Billy salía a buscarlo, como le había asegurado el hombre de las latas, se metería en un lío. Los padres de Billy eran muy estrictos en cuanto a salir bajo la lluvia durante una tormenta. Y si Billy andaba buscándolo, seguramente lo estaría haciendo a escondidas, y si lo hacía a escondidas, significaba que se había escapado. Y eso era muy, muy, muy ilegal. Al mismo tiempo, Ollie quería que lo encontrara. *Quiero contarle a Billy mi gran ventura en el espeluznante túnel secreto del carnaval oscuro con juguetes perdidos y la oleada delictiva de niños peligro,* pensaba, cuando unos ligeros golpecitos metálicos que provenían de detrás de la farola interrumpieron sus reflexiones. Echó un vistazo y vio una lata dando golpes muy resueltos contra la base metálica del poste. Obviamente, estaba intentando llamar su atención.

–¿Te estabas escondiendo del hombre de las latas? –preguntó Ollie.

La lata se inclinó ligeramente por la mitad y volvió a subir, como si asintiera.

–Supongo que tiene sentido –dijo Ollie–, porque no querrás que te aplaste.

La lata volvió a asentir, resonando como una abolladura. *Esta lata podría ser mi amiga,* pensó Ollie. En ese momento, el traqueteo de miles de pedacitos de metal ocultó el suave repiqueteo de la lluvia. La lata empezó a temblar. Ollie miró a su alrededor. Seguro que eran los espantos. ¿Quién si no? Se volvió hacia la lata.

–¿Te puedo llamar Chapita? ¡Creo que tenemos que hacer pinitos, Chapita! –urgió. Chapita meneó la anilla de su parte superior, indicando a Ollie que la siguiera.

Saltaron a los matorrales y huyeron.

Ollie miró hacia atrás rápidamente para saber lo cerca que estaban los espantos. Estaban demasiado cerca... Ya rodeaban como un enjambre la base de la farola. Superespanto dio una vuelta y lanzó destellos aquí y allá con una minúscula luz en la cabeza. Estaba examinando el rastro del hombre de las latas.

–¿Hacia dónde? ¿Hacia dónde ha ido el peluche? –preguntó Superespanto entre risas. Los montones de espantos, equipados con lucecitas y linternas, escudriñaban cada grieta del bordillo y de la calle cercana.

Chapita, que casi no pesaba, avanzaba más rápido que Ollie. Podía brincar, dar volteretas y rodar por patios, espacios entre casas e incluso sobre vallas con mucha destreza, y Ollie, que estaba empapado y pesaba mucho, sentía cierta envidia. Pero Chapita le animaba con paciencia infatigable, haciendo vibrar su anilla cada vez que Ollie flaqueaba.

–Lo siento, Chapita, antes de calarme se me daba muy bien huir –resopló Ollie.

Lograron mantenerse a distancia de los espantos, pero no por mucho. El poncho de Ollie estaba rasgado y hecho jirones; lo llevaba colgando como un ridículo disfraz de Halloween. Ollie estaba salpicado de barro, tan moteado de trocitos de hierba, palitos y espinas que estaba casi irreconocible.

Sin embargo, resultó ser un camuflaje útil. En más de una ocasión, Chapita y él se ocultaron sin dificultad mientras una jauría de espantos pasaba a su lado. Para entonces, Ollie parecía más un pegote de basura y barro que un juguete.

Al fin, la lluvia cesó. Y el viento amainó. Los truenos y los rayos parecieron más lejanos, pero no lo

suficiente como para perder el miedo. El aire tenía una quietud misteriosa. Cada sonido que hacían Ollie y Chapita parecía tan alto como la explosión de un petardo. Ollie solo deseaba que los espantos no les estuvieran pisando los talones.

Durante uno de los silenciosos huecos-entre-truenos, Ollie creyó oír un sonido familiar. Un rumor triste. Como un llanto. No estaba seguro, pero parecía provenir de debajo de la cosa estatuaria aquella del niño con un sombrero puntiagudo. Incluso con las orejas taponadas de barro, algo en aquel lloriqueo resultaba inconfundible.

—¡Billy! —exclamó Ollie, lanzándose hacia delante. Al hacerlo, la hierba y la maleza bajo la estatua del niño empezaron a centellear con lucecitas. Ollie se quedó helado. ¿Serían los espantos? Se acuclilló en el barro resbaladizo de lo que parecía un antiguo camino. No, no eran los espantos. Eran luciérnagas. Chapita rebotó hasta llegar a su lado sin hacer nada de ruido. Los sollozos se silenciaron con el minúsculo y rítmico parpadeo que emitían las luciérnagas. Ollie al fin vio que en efecto *era* Billy: había reconocido su mochila.

—¡Billy! —gritó, levantándose y echando a correr lo más rápido que pudo hacia su niño, pero el barro era demasiado denso y profundo.

Billy se asomó de debajo de la estatua. Intentó encender el sable de luz. Se iluminó solo un instante, pero fue suficiente. La luz se abrió como un abanico y alcanzó a Ollie casi al instante.

—¡Estoy aquí, Billy! —vociferó el juguete. Pero entonces todo se volvió loco. Cayeron rayos y truenos, a Ollie lo tiraron al suelo y las luciérnagas se disiparon. Lo único que Ollie oía era a Billy gritando:

—¡No! ¡No! ¡No!

Pero el ejército de espantos los alcanzó.

23

El vertedero de los amigos olvidados

Había sido un ataque espantoso y horrendo. Y había ocurrido tan rápido... Billy había visto a Ollie, y había gritado como si ya no supiera que Ollie era su preferido. Entonces incontables espantos agarraron a Ollie. Gritaban y chillaban como bebés locos y malvados. Pero, de pronto, Ollie salió despedido con tanta fuerza que pensó que se le caerían los ojos. Fue por los aires dando volteretas, una y otra vez. Trazó una espiral sobre unos matorrales y después cayó en una zanja en las profundidades de una zona arbolada.

Ollie se quedó allí, flotando boca abajo en un torrente de lluvia que se había formado en la zanja. Avanzó a la deriva, chocando con una roca aquí, una rama allá, lo cual le hacía cabecear y cambiar de rumbo.

Billy lo había tirado. ¿Por qué? ¿Por qué iba su niño a tirarlo? Aquella pregunta abrumaba a Ollie. Su mente de juguete no lograba darle sentido, así que dejó de pensar por completo. Dejó de pensar y se dejó llevar y llevar hasta que tocó tierra en la embarrada orilla de un antiguo basurero.

Un basurero es un lugar triste pero maravilloso, un lugar de recuerdos y tiempos pasados, lleno de fragmentos de vidas que han seguido su viaje. Y cuando estas cosas rotas y olvidadas se tiran, se convierten en basura. Y acaban ahí: en ese lugar para la basura.

A veces basura puede ser una mecedora vieja cuyo asiento se ha quedado raído de tanto sentarnos, cuyos brazos se han partido de apoyarnos en ellos una y otra vez, y cuyas patas están gastadas de mecer a generaciones de bebés y niños enfermos en mitad de la noche.

Basura puede ser una trompeta hecha polvo que se ha usado para tocar dulces melodías, pero que, por alguna razón, se ha separado de su dueño.

Basura puede ser una máquina de escribir vieja utilizada por un escritor durante años y años que alguien encuentra en el ático del escritor después de su muerte y acaba en el basurero porque casi nadie utiliza ya máquinas de escribir.

Basura puede ser una cosa llamada «vitrola», una preciosa caja de madera tallada que hacía música por arte de magia antes de que nadie soñara con oír canciones en aparatos minúsculos que caben en la palma de una mano.

Allí es donde Ollie había ido a parar: al lugar de las cosas rotas, olvidadas y tiradas. Se quedó tumbado en la orilla, tan hinchado de agua que no solo no podía moverse, sino que parecía más un fajo de calcetines mojados que un juguete. Aquella orillita embarrada parecía el último lugar del mundo donde encontrar a Ollie.

Pero cuatro aliados improbables dieron con él: Zurdito, un guante de trabajo izquierdo que usaba los dedos desgastados para andar; Chistera, un sacacorchos con una cuchilla de metal muy afilada y un tirador doble que le servía de piernas cuando se desplazaba dando tumbos; Carretillo, un viejo carrete de pesca que todavía tenía mucha cuerda enredada encima; y, por último, Brochazos, una brocha pelada llena de energía.

La basura del basurero cuidaba de los suyos. Las cosas eran siempre así para la pandilla del basurero. Siempre se daba la bienvenida a los nuevos cuando los tiraban a su hogar final. Después de un rato de observación cautelosa, el grupo comprendió que aquella húmeda masa de punto no era solo una maraña de calcetines, sino un juguete que necesitaba ayuda.

Ollie colgaba inerte del hilo de pesca cuando lo sacaron del agua. Lo tendieron de una cuerda al calor de la hoguera que habían encendido en una cala de basura junto a los márgenes del basurero. Le quitaron el desgastado poncho y empezaron a desenredarle los brazos y las piernas para intentar despertarlo. Pero Ollie se desplomaba con la cabeza caída y sin dar ninguna señal de vida.

Sin embargo, Ollie estaba despierto. O algo así. Oía cosas, pero su mente estaba tan adormecida que todavía no sentía nada. Pero sabía que estaba en tierra. Y mojado. Y que lo habían encontrado. Pero se sentía olvidado.

El olvido era una sensación similar a la nada. Olvidados estaban los juguetes de la guarida de Zozo. Y a Ollie le estaba pasando lo mismo.

LA PANDILLA DEL VERTEDERO

Fresquín

CARRETILLO

CHISTERA

BROCHAZOS

MANECILLAS

ROCOSA

Sentado y secándose entre los miembros de aquella pandilla del basurero, sintió la nada del olvido tan profundamente que se le olvidó cómo hablar.

Mientras esperaban que el recién llegado se secara, la pandilla del basurero se sentó en torno al fuego, y todos contaron historias de la época en la que eran útiles, la época en la que «pertenecían».

–Yo pertenecía al señor Gregory J. Johnson y a su mujer Rebecca –chirrió la mecedora–. Ella siempre se sentaba encima de mí. En el porche. A diario. Sobre todo durante la puesta de sol. Era maravilloso.

–Yo pertene ía a Randolf Everet Halliwell –escribió Teclas, una máquina de escribir que tenía la letra C estropeada–. Era es ritor de historias misteriosas. Es ribió unas iento incuenta historias onmigo. Algunas ve es yo adivinaba el misterio antes de que terminara. Me pare ía muy emo ionante.

Se habían contado aquellas historias innumerables veces, y se las sabían de memoria. Pero nunca se cansaban de contarlas. Era su ritual, su forma de recordar lo que eran y por qué habían sido. Les salvaba de sentirse olvidados.

–Como ya sabéis, yo era una mascota de piedra –dijo Mascota Rocosa–. Los niños Pam y Dirk me eligieron. Fue maravilloso que me eligieran. Me pegaron los ojos de plástico aquí cuando fuimos a la tienda esa. Viajé mucho, sobre todo en coche. Arizona, California, el aparcamiento de Disneylandia... Un buen día perdieron interés. Estuve cogiendo polvo durante años, supongo. Entonces la madre me tiró.

El turno siguiente era el de Carretillo, el carrete de pesca. Siempre iba después de Mascota Rocosa.

–El viejo pescó una millonada de peces conmigo –explicó–. Lucios, percas, siluros, truchas, lubinas... Pescamos una lubina de un metro ochenta, os lo juro. Pesaba más de cincuenta y ocho kilos.

Los demás, incrédulos, protestaron. Siempre se quejaban con incredulidad.

–¡De verdad! –protestó Carretillo.

–Cada vez que cuentas esa historia, el pez mide treinta centímetros más –dijo Manecillas, que se dio cuerda y empezó a contar su historia–: *Yo* no podría exagerar. Tenía que ser precisa. La familia Templeton confiaba en mí para la hora. Durante veintiséis años. He visto a sus hijos crecer y mudarse. Todas esas idas y venidas, las vacaciones y los días tristes. Luego el señor y la señora Templeton se hicieron viejos. Después desaparecieron. Y yo también.

La historia de Manecillas siempre hacía que los demás se quedaran silenciosos y pensativos. Pero fue su historia la que trajo a Ollie de vuelta.

Sin mediar palabra con la pandilla del basurero, que relataba ya la siguiente historia, descendió de la cuerda que lo mantenía junto al calor del fuego y recogió un fragmento de cristal roto que había en el suelo. Se movió lentamente, como si todavía pesara por el agua, aunque en realidad estaba casi seco: solo lo más profundo de su relleno seguía algo húmedo.

Hasta que no empezó a cavar, la pandilla del basurero no se dio cuenta de que se había levantado. Lo rodearon en silencio, preguntándose qué estaría haciendo. Tenía un aspecto arrugado y triste mientras, golpe a golpe, abría una zanja en la tierra suelta y musgosa con aquel fragmento de cristal.

Zurdito fue el primero en hablar.

–¿Cómo te llamas? –preguntó.

–Yo soy Chistera –añadió el sacacorchos–. Te encontramos y te trajimos aquí.

–Te pescamos, como quien dice –dijo Carretillo.

Pero Ollie no contestó. Se limitó a seguir cavando. Manecillas gesticuló para que los demás guardaran silencio. Había visto tanto... Había entendido que el silencio a veces dice más que las

palabras. Después el viejo reloj indicó a Zurdito que se acercara al recién llegado.

Zurdito avanzó con precaución; no quería sorprender al juguete, cuya actividad se había vuelto más deliberada y medida. Tenía el ritmo de un reloj. Uno, dos, cava. Uno, dos, cava. Con cada golpe al suelo con la pala de cristal roto, el cascabel de su pecho emitía un tintineo sordo.

El agujero se hizo más ancho y más profundo, y Ollie siguió concentrado exclusivamente en su tarea. Con sumo cuidado, Zurdito colocó el dedo pulgar sobre el hombro del juguete y lo dejó allí.

El efecto fue casi inmediato. Ollie se quedó helado y sus brazos cayeron inertes. Su respiración sonó profunda y extenuada.

Zurdito se quedó tan quieto como Ollie, sin quitarle el dedo de los hombros. Al final, volvió a preguntar en voz baja:

—¿Cómo te llamas, peluche?

Tardó un rato, pero esta vez sí hubo respuesta. Su voz era clara, pero cuando dijo su nombre, sonó casi como una pregunta:

—¿Ollie? —Después alzó la cabeza y miró directamente a Zurdito—. Pertenezco a... —Pero volvió a quedarse sin fuerzas y apartó la mirada.

Manecillas se acercó un poco más.

—Ollie, ese agujero que estás cavando... ¿Para qué es?

Ollie levantó de nuevo la cabeza.

—Para olvidar —contestó. Se llevó la pata remendada al pecho—. Para olvidar esto. —Presionó sobre el cascabel, que emitió un único y débil tintineo—. Puedo sacarlo —explicó—. Es un corazón de juguete. No hace nada. Nada de nada. No es más que un cascabel viejo. Es de juguete. —Por un instante de tristeza, Ollie sintió un brote de odio ante la idea de la imaginación—. ¡Es falso! ¡Es de mentira! ¡No es real! ¡Solo es de juguete!

De nuevo Manecillas supo que era mejor no decir nada.

–Pero al oírlo... –prosiguió Ollie–. No quiero oírlo más. Si no lo oigo, quizá consiga olvidar. –Ollie miró el agujero, después miró a los demás un buen rato con los hombros caídos, hasta que por fin dijo–: No puedo olvidar. Supongo que nunca jamás podré hacerlo.

Los demás eran basura: lo entendían perfectamente.

A lo lejos oyeron un sonido metálico, agitado y seco. *¡Tin! ¡Tin! ¡Tin!*

Ollie dio una vuelta completa.

¡Tin! ¡Tin! ¡Tin!

¿Chapita?, pensó. Entonces, exclamó:

–¡CHAPITA!

La latita saltó en medio del grupo. Dio brincos, arriba y abajo, como una pelota de pingpong, sobre los miembros de la pandilla del basurero, meneando la anilla de un modo tan febril que sonaba como si estuviera enviando un código morse alocado.

–*Tin-ta-tin-tin. TaTaTaTaTa tin-tin-ta-tin.*

Ollie estaba de lo más contento de ver a su amiga, pero no tenía ni idea de lo que Chapita intentaba decirle.

–Yo hablo el idioma de las latas –dijo Chistera. Escuchó con atención, intentando captar el repique-teo del mensaje de Chapita.

–¿Qué ha di ho? –tecleó Teclas.

–Un segundo. Deja que me concentre –dijo Chistera–. Vale. Algo de un niño, un humo llamado Bilky.

¿Bilky?

–¡No, es *Billy*! –le corrigió Ollie–. ¡Billy! ¡Es mi niño! ¿Está bien, Chapita?

La expresión de Chistera se volvió más seria cuando Chapita empezó con su repiqueteo.

–Está en un lío –dijo por fin Chistera–, en un buen lío.

–¿Dónde está? –preguntó Ollie levantándose de un salto.

–*Tin-tin-tin tin-tin tin.*

Ollie estaba desesperado.

–¿Qué dice? ¿Qué está diciendo?

–Deja que me concentre... En... ¡la feria antigua! ¡La que se hundió! –Chistera se volvió hacia los demás y añadió con tono alarmante–: Lo tiene Zozo.

–¿Zozo? –repitieron todos con el mismo alarmismo.

–Mal asunto –añadió Mascota Rocosa.

24

zozo a tope

Que un puñado de cachivaches cascarrabias completamente descabalados lo capturaran y lo metieran a empujones en un saco de arpillera fue lo más extraño que Billy había soñado nunca. Al menos le habían quitado el saco al llegar al lugar extraño e inquietante al que lo habían llevado a rastras. Aquel reino oscuro y húmedo de juguetes y criaturitas extrañas era tan peculiar que a Billy le entusiasmaba y asustaba a partes iguales.

Es como una película de miedo con monstruos, pensó. *Como el Frankenstein ese, pero con juguetes.* Había visto varias películas de miedo con monstruos sin el permiso de sus padres, lo cual, por supuesto, era algo muy gordo y casi ilegal. No le habían dicho que estaba *prohibidísimo* verlas, pero Billy estaba bastante convencido de que le dirían que «para su edad no era apropiable» o alguna otra de esas palabras largas que usaban.

Por eso, en vez de preguntar, veía las películas «a escondidas». Las veía cuando sus padres se echaban la siesta o cuando estaban ocupados haciendo cosas de padres. Si les oía venir, cambiaba de canal y ponía *Barney* o algo que, según él, a sus padres les parecería aceptable. Después, cuando lo dejaban solo, volvía a las emociones terribles de hombres lobo, jorobados y lugares imaginarios envueltos en niebla que eran especialmente maravillosos por no ser en color. Y, a pesar de que las películas de miedo con monstruos le asustaban de verdad, por lo general también le gustaban. Le gustaban los monstruos más que las personas normales de la historia, lo cual resultaba desconcertante.

—Los monstruos del mundo en blanco y negro son muy chulos —le había dicho a Ollie, que estaba de acuerdo.

Pero en ese momento no estaba en blanco y negro ni en una televisión. Aquel lugar, al parecer, estaba en el mundo real, y Billy tenía que enfrentarse a él. Estaba atado con una docena de cuerdas e hilos distintos, tumbado en el húmedo suelo de hormigón y había entendido que estaba en el taller de una criatura llamada Zozo.

Creyó saber dónde estaba aquel taller y, por tanto, dónde se encontraba. Había sido fácil ver a través del saco de arpillera. Durante la mayor parte del trayecto, los espantos lo habían empujado y arrastrado por el irregular suelo y por un espacio arbolado. Billy había sido lo bastante listo como para ir tirando soldaditos de uno en uno a través de un agujero que había hecho en el saco de arpillera. En cuanto llegaron a la abandonada entrada de un lugar llamado «El Túnel del Amor», Billy comprendió que debían haberse adentrado en la feria oscura. Había paseado por el margen exterior de la feria varias veces con su madre y su padre, pero nunca habían entrado, a pesar de que Billy se había muerto de ganas por hacerlo.

–Es demasiado peligroso –le había explicado su padre–. Hay agujeros enormes que no se ven. Las atracciones viejas están prácticamente hundidas. La zona entera es un peligro.

–A mí me encantaba de niña –había dicho su madre, y su forma de decirlo se había quedado impresa en la mente de Billy. Se notaba que recordar la feria le alegraba y entristecía a la vez. Eso hacía de la feria oscura un lugar muy interesante para Billy.

Pero nunca se habría imaginado que entraría en la feria de noche sin sus padres. Los espantos lo habían depositado en una barquita de madera podrida en forma de cisne gigante y habían remado por el Túnel del Amor. En la entrada, en el último momento, había sido capaz de lanzar al Pegaso alado a través del saco. El caballo de juguete se quedó inmóvil en la hierba y el barro con las alas extendidas y cubierto por las sombras. ¡Perfecto! Ningún espanto de los que llevaban a Billy se había dado cuenta.

Tumbado en el fondo de la barquita cisne, se había preguntado si el rastro de soldaditos y criaturas seguiría en su sitio. Y si habría sido mejor hacer el rastro con las chucherías que había guardado. Hansel y Gretel habían usado migas de pan. Eso siempre le había resultado extraño. ¿Qué habría pasado si los pájaros o las ardillas o un perro los hubiesen seguido? ¡Adiós, Hansel! ¡Hasta la vista, Gretel! No, sus amiguitos de plástico eran la mejor opción. Sin lugar a dudas. El código de los juguetes era inquebrantable, incluso para los muñequitos minúsculos. Era un código sencillo: un juguete ayudará siempre que sea posible. Ayudará a llenar de aventuras el día del niño, de alegría, de comodidad.

Pero aquel mundo subterráneo de espantos y payasos se regía por un código distinto, y Billy sentía que no era ni bueno ni amable. Al oír hablar al espanto llamado Súper con el monstruoso payaso de juguete, entendió que aquellas criaturas habían robado a Ollie en la boda. Que su misión era robar cualquier juguete preferido del que tuvieran noticias. ¡Pero Ollie había escapado! Ollie estaba tan hecho polvo de la fuga que Billy apenas lo había reconocido. Entonces le poseyó un pensamiento triste. *¿Si Ollie no entiende por qué lo he tirado? Y ¿si no sabe que estaba intentando salvarlo de los espantos estos? Y ¿por qué me han capturado a mí si lo que querían era un preferido?*

Estos tipos hacen un montón de ilegales y cometen un MONTÓN de maldades, pensó Billy, y eso le enfadó como nunca. Le enfadaba que se hubieran llevado a Ollie y que hubieran sido unos abusones y le hubieran intentado hacer daño. Le enfadaba que les hubieran hecho lo mismo a montones y montones de juguetes. Recordó entonces a una niña en la tienda de ultramarinos que pataleaba y lloraba con todas sus fuerzas y repetía una y otra vez: «¡He perdido a Binky! ¡He perdido a Binky!». Recordó cuando la niña y su madre se pusieron a buscar a Binky por todas partes. La niña estaba tan triste que a Billy le dio pena. Mucha pena. Casi tanta pena como la que había sentido por el perro perdido que vio un día cuando iba en coche a alguna parte con sus padres. Estaban en un barrio totalmente distinto y el perro quería cruzar la calle, pero estaba muy asustado, muy flaco y temblaba. Billy gritó a su padre que parara el coche para ayudarlo. Su padre le dijo que el perro estaría bien. Billy no estaba tan seguro. Y pensó

que quizá los adultos también imaginaban. Pero *algunas veces* la imaginación de los adultos se parecía más a mentir que a imaginar. Billy *todavía* se preocupaba por el perro. Aunque solo lo había visto unos segundos, no lo olvidaría. Ni siquiera cuando fuera súper viejo, cuando tuviera unos cincuenta. O más. Recordaría al pobre perro flacucho para siempre.

Entonces pensó en Ollie.

Pensó en lo mojado y embarrado que estaba, y en su aspecto triste. Igual que el perro. Eso le apenó tanto que no lo podía aguantar ni un segundo más.

Billy había tenido que lanzar a Ollie con todas sus fuerzas para que los espantos no lo atraparan. Y no lo habían encontrado. Billy lo sabía por lo que Superespanto le estaba contando a la especie de payaso.

—Pero, jefe, hemos buscado por todas partes —explicó Superespanto a Zozo, que lo miraba desde lo alto de su trono—. ¡El niño lo ha tirado! ¡Lo ha «despreferizado»!

Zozo, impasible, se inclinó hacia delante con las manos juntas como un chapitel y el rostro oxidado oculto entre las sombras. No pronunció ni una palabra.

Superespanto odiaba aquellos silencios. Volvió a intentarlo.

—Jefe, tengo que insistir. Si un juguete no es un prefe, no es nada, ¿verdad?

Zozo se inclinó aún más hacia delante. El esqueleto metálico bajo su desvaída ropa chirrió. Alargó una mano lentamente para asir un engranaje dentado que había en la mesa de trabajo.

Un momento después, lanzó con repentina y cegadora velocidad el engranaje a través de la sala, decapitando de un corte limpio a Superespanto.

Los ojos de Billy se abrieron como platos.

—¡Hala! —susurró—. ¡Qué buena puntería!

La cabeza de Superespanto rodó por el suelo y fue a parar a pocos centímetros de la cara de Billy.

Giró como una peonza, después fue frenando, hasta quedarse parada con los ojos puestos en Zozo.

—De acuerdo, jefe, entendido. Querías al peluche a toda costa. —El cuerpo de Superespanto seguía en pie. Se tambaleó en busca de su díscola cabeza, tanteando el suelo, pero sin dar con ella. Empezó a dar palmaditas a Billy, primero en el hombro y luego en la mejilla—. Esa cabeza no —balbuceó la cabeza de Superespanto—. Aquí, so memo.

El cuerpo se giró, pero sin querer le dio una patada a su propia cabeza una vez..., y otra vez..., antes de encontrarla y colocársela de nuevo sobre los hombros, aunque del revés.

—Encontraré al peluche, jefe, pero... —La cabeza se ladeó y estuvo a punto de caer—. Pero piensa en esto, jefe... —La cabeza de Superespanto se tambaleó y cayó por el otro lado, aunque consiguió atraparla y sostenerla a la altura del pecho, como si fuera una pelota—. El niño puede hacer algo imposible para un juguete, para cualquier *preferido*... Ni siquiera TÚ podrías hacerlo en un millón de años.

Zozo se recostó en el trono con un crujido nefasto.

Superespanto se explicó con tono claro y enfático:

–El niño es un niño. Un *niño*. Y solo un niño puede hacer preferido a un juguete.

Hubo un silencio largo e insoportable.

–Jefe –suplicó Superespanto acercándose a la mesa de trabajo. Con una mano intentaba colocarse la cabeza en el cuello y con la otra señalaba a la bailarina reconstruida que yacía inerte desde hacía más años de los que cualquiera de los espantos podía contar–. Por eso tu muñequita no baila –concluyó Superespanto–. No lo hará nunca. No hasta que un niño la haga preferida. –Y, con una floritura, añadió señalando a Billy–: Por eso te he traído un niño.

25

¡La Caballería!

De vuelta en el basurero, la tensión estaba aumentando.

Billy es mi preferido, aunque yo no sea el suyo, pensó Ollie. *Está en peligro, y tengo que ayudarle.* Sentía aquello con la pureza y la fuerza que surge de haber sido un juguete preferido. *¡Pero me ha tirado!* Y ese pensamiento le dolía a través del relleno hasta el alma o lo que fuera que tenían los juguetes.

La pandilla del basurero entendía a la perfección los sentimientos de Ollie. ¡De haber tenido ocasión, cualquiera de ellos habría vuelto con sus «humos»! Y aunque sabían que para ellos eso no era posible, tenían la oportunidad de volver a ser útiles. ¡ÚTILES! ¡Ser de utilidad! Así que se habían unido –erigiéndose en la caballería más improbable de abandonados, olvidados y valientes– para ayudar.

Otros amigos basura se sumaron con alegría a la empresa. Fresquín, un frigorífico vacío al que habían tirado antes que a nadie, fue el primero en prestarse voluntario, y ya le estaban equipando con neumáticos desiguales y una vela provisional. El plan era convertirlo en un sistema de transporte rápido. Un cortacésped llamado Podón Céspedes dio un paso adelante. Sus modales alegres y aristocráticos le dieron al asunto un aire más desenfadado.

–Un paso atrás, amigos basura. He cortado los mejores jardines y campos de golf desde aquí a Hyde

Park, y estoy dispuesto a darles un buen repaso a la chusma esa de Zozo. ¡Vaya, estoy preparado para lo que sea! –dijo arrastrando las palabras con su acento de vividor de Nueva Inglaterra.

Carretillo utilizó su largo hilo de alta tensión para atar a Fresquín y a Podón. Chistera, con la destreza que había adquirido tras abrir cientos de botellas y latas, cortó todo lo que había que cortar y dio los últimos toques que harían que Fresquín dejara de ser una enorme caja metálica de color blanco esmaltado y se convirtiera en el primer vehículo de ataque basuromóvil todoterreno. Teclas tecleaba instrucciones de última hora mientras Manecillas les recordaba que el tiempo apremiaba.

Zurdito, el único con cinco dedos, uno de ellos oponible, era indispensable para agarrar lo que hiciera falta y para atar unas cosas a otras.

Brochazos cepilló a todos muy deprisa para que estuvieran como un pincel.

Mascota Rocosa... Bueno, Mascota Rocosa se sentó dentro de Fresquín y esperó.

–No es que esté hecho para hacer gran cosa –dijo con tono algo defensivo–, soy una piedra mascota.

Cuando Teclas repiqueteó las palabras: «¡Soltad los perros de la guerra!», un montón de voluntarios se unieron a la carrera y llenaron a Fresquín hasta el borde. El grupo incluía una bola de bolos llamada Burt, un pelotón de cuchillos, cucharas, palas y utensilios de cocina, además de no pocas latas vacías comandadas por Chapita.

Ollie se puso en la improvisada cubierta de Fresquín y se preguntó qué podía decir para arrancar. Teclas escribió con rapidez para proporcionarle la frase histórica perfecta: «Al diablo on los torpedos, adelante a toda máquina».

26

La feria oscura y las canciones de antaño

El vehículo de ataque basuromóvil todoterreno era un diseño improvisado triunfal, y funcionaba como un campeón. Iban a toda pastilla y a toda vela, dando tumbos sobre la hierba descuidada, los charcos y las raíces con una soltura sensacional, aunque algo inestable. Ni siquiera Fresquín recordaba la última vez que la pandilla había tenido el ánimo tan alto.

Y Ollie era el capitán. Billy siempre había sido quien conducía cuando Ollie y él bajaban por las colinas en su carro rojo, y Billy era el héroe cuando jugaban a volar y se estrellaban o viajaban al espacio. Pero esta vez, Ollie era la persona héroe y no estaba jugando: era *real*.

Y esta forma de REAL daba una sensación más intensa que jugar, quizá incluso mejor. Lo cual era extraño. Todo lo que había vivido aquel día y aquella noche parecía sobrepasar con creces su vida de juguete. Era ñam y terrible y alucinante, todo a la vez. Sentía que nunca volvería a ser el mismo. Tan solo esperaba que su valor se ajustara a lo que sentía.

Chapita empezó a dar brincos y a agitar la anilla en dirección a unos descuidados montones de enredaderas y arbolitos. La feria oscura estaba justo en frente.

—¡Alto todo el mundo! —ordenó Ollie cuando andaban cerca. Después se dirigió a Podón Céspedes del siguiente modo—: Despacio y en silencio, si no es mucha molestia.

–A la orden, capitán. Silencioso como un campo de golf, firme como un buen jugador –contestó el cortacésped.

Al huir de Zozo, Ollie había corrido con tanta desesperación que ni siquiera se había fijado en el aspecto de la feria. Era encantadora pero triste. Lo que a primera vista parecía una hilera de árboles de extraña forma resultó ser una antigua montaña rusa hecha pedazos y cubierta de hiedra.

Avanzaron silenciosos, lentos como un golpe suave de golf, más allá de la montaña rusa y a través del fantástico mundo de sombras de las viejas atracciones iluminadas por la luna. A duras penas se las distinguía entre la maleza, las enredaderas y los árboles, que rodeaban e inundaban las estructuras de metal oxidado como si fueran criaturas gigantes y frondosas salidas de una pesadilla.

Algo similar a una gigantesca araña herida resultó ser una noria. La mitad de sus radios se habían caído y en las escoradas e irregulares cabinas crecían arbolitos. El tiovivo tenía un aspecto vacío y fantasmal. Muchos caballitos se habían caído de los postes y yacían hechos una manada helada y atormentada que ya no daba vueltas, triste, sombría y podrida. Otros se mantenían enteros gracias a los lazos muertos de la madreselva y la hiedra venenosa.

La pandilla del basurero avanzaba con silencioso sobrecogimiento a su paso por el tiovivo.

—Están descansando —dijo Manecillas al ver los caballitos.

—Su época fue grandiosa, y se merecían un final mejor que este —añadió Podón Céspedes.

La imagen de aquellas criaturas destrozadas entristeció a Ollie. Había visto fotos de tiovivos en libros. Eran de lo más bonito. Los caballos pintados superaban cualquier cosa que pudiese imaginar. Siempre había deseado montar con Billy en una de aquellas cosas maravillosas que daban vueltas y vueltas.

–¡Ah del tiovivo! –exclamó cuando pasaron a su lado–. Caballitos, ¿hay algo que podamos hacer por vosotros?

La pandilla del basurero se quedó esperando con atención cualquier respuesta. Una brisa agitó la hierba y las hojas, y, para su enorme sorpresa, el tiovivo giró mínimamente. Las piezas de metal y madera crujieron y gimieron. Un susurro fino y seco surgió de los escombros, como el sonido de la madera transformándose en polvo.

–Una canción..., una canción... se agradecería...

Y después el tiovivo se quedó en silencio. El susurro había sido tan delicado como el último aliento de un ser moribundo. Tenían que hacer algo.

–¿Quién se sabe una canción? –preguntó Ollie a su tripulación. Se miraron unos a otros. Todos se sabían una o dos canciones. Las latas de refrescos se sabían la melodía publicitaria de sus respectivas marcas. Mascota Rocosa se sabía montones de canciones de sus viajes en coche escuchando la radio.

–Como es evidente, soy una roca y tengo debilidad por el rock and roll –admitió.

Carretillo se sabía muchas canciones del mar, pero, por así decirlo, no eran «aptas para niños». Ollie se sabía algunas canciones infantiles. Pero tenían que decidirse. Había que rescatar a Billy.

–¡Manecillas! ¡Elige una canción! –instó.

Manecillas se sabía una canción. La había oído muchas veces. Le pareció adecuada. Empezó a marcar el ritmo con el tictac. Era lento, como un vals. Un-dos-tres. Un-dos-tres. No sonaba ni alegre ni triste, sino algo a medio camino. Las anillas de las latas empezaron a vibrar, los tenedores y los cuchillos empezaron a seguir el ritmo. Un-dos-tres. Un-dos-tres. Y Manecillas empezó:

¿Acaso olvidarías tú
a un amigo de corazón?

¿Acaso olvidarías tú
por un pasado mejor?

La pandilla del basurero empezó a cantar a coro. No entendían por qué se sabían aquella canción. Era una canción que parecía... *ser*. Como las estaciones. O el aire. Y despertaba un sentimiento difícil de describir. Era tierno, y cálido, y removía algo en las profundidades de su ser. Y la interpretaron con todas sus ganas. Una curiosa y bonita mezcla de metales y madera y el repiqueteo de la máquina de escribir y la cuerda de pesca...

Por un pasado mejor, amigo,
por uuuuun pasado mejor,
bebamos como hermanos
por un pasado mejor.

La canción se apoderó de ellos y empezaron a cantar y a tocar con un entusiasmo y una fuerza que ellos no sabían que llevaban dentro, y después, de un modo imposible, el tiovivo empezó a girar lentamente. Los caballitos que llevaban helados tanto tiempo empezaron a moverse arriba y abajo un poquito, y el calíope del interior del carrusel se unió a la canción.

Te ofreceré mi mano
por un gesto acogedor.
¿Acaso olvidarías tú
por un pasado mejor?

La canción tenía un poder que iba más allá de cualquier explicación. Pero hizo que el tiovivo recordara y fuera lo que había sido: una cosa de belleza, música y alegría. *Recordar es algo poderoso*, pensó Ollie mientras su música resonaba en la noche.

27

Cara a cara

En realidad, Zozo nunca había estado tan cerca de un niño. En el juego de PelotaZozo, siempre estaba detrás del mostrador, sentado en su trono, a tres metros de la esperanza o la desilusión de los niños que lanzaban pelotazos al rey payaso.

Con su habitual paso lento y mecánico, Zozo avanzó hacia Billy, que se retorcía nerviosamente en el suelo. Se inclinó sobre el rostro del niño para observar el modo en que la tenue luz se reflejaba y resplandecía en la mirada preocupada de Billy. Los ojos de los juguetes no brillan así. Billy tenía un arañazo en la mejilla; se lo había hecho durante su viaje nocturno. Zozo usó el ganchito metálico afilado que tenía en la mano para tocarlo.

–¡Ay! –exclamó Billy–. ¡Para!

Zozo examinó el rasguño más de cerca. Esta vez, pinchó más fuerte.

–¡AYY! –gritó Billy–. ¡Me haces daño!

Aquello pareció interesar a Zozo.

–Está rasgado –dijo el payaso con tranquilidad– y le duele.

A diferencia de las personas, a los juguetes no les duele cuando se rasgan. Se les puede arrancar un brazo, pueden quedarse sin cabeza, pero no les duele. El sufrimiento del juguete se produce en su alma, y lo que le hace daño siempre es el sentimiento de pérdida. Zozo había experimentado ese sentimiento de pérdida cada minuto de su vida desde que se llevaron a la bailarina de su lado.

–¡Sentadlo! –ordenó Zozo a sus espantos–. ¡Que vea a la bailarina!

Billy sintió que tiraban de él y lo empujaban por todas partes. A los espantos no se les daba demasiado bien incorporarlo. Ataron cuerdas al techo rápidamente e intentaron poner a Billy de rodillas. La desobediente cabeza de Superespanto no hacía más que caerse, lo cual complicaba y liaba las indicaciones que daba a los demás espantos en función del lugar donde caía.

–¡ARRIBA! ¡¡¡POR ENCIMA!!! ¡¡¡ABAJO!!! ¡¡¡NO, QUERÍA DECIR ARRIBA!!!

En dos ocasiones dejaron caer a Billy, y en los dos casos se cayó encima de Superespanto. La primera vez Superespanto se quedó aplastado y planito. La segunda, los espantos no lograban encontrar su cabeza. El Súper gritaba sin parar: «¡Estoy aquí!», hasta que su séquito por fin se dio cuenta de que debía de haber ido a parar al bolsillo de la parte superior del pijama de Billy. El mismo bolsillo que estaba lleno, como de costumbre, de unos seis chicles ya masticados. Hicieron falta tres espantos para despegar la cabeza del bolsillo. Mientras intentaban quitarle el chicle de la cara, Billy explicó, intentando ser útil:

—Ahí guardo los chicles para luego.

Zozo se enfureció y tomó el mando. La cabeza de Superespanto se quedó pegada del revés en la rodilla de Billy. Zozo la dejó allí y se concentró en sentar a Billy justo donde él quería. Ordenó a los espantos que forzaran, tiraran y tensaran hasta que el niño estuviera sentado con las rodillas debajo de la barbilla, todo lo cual agradaba a Zozo. Pero nada de esto agradaba a Billy. Le habían estado tratando con brusquedad, como si fuera un juguete, como habrían tratado a uno de los juguetes recluidos que Billy había visto en la pared de la otra sala.

Y Billy se estaba empezando a preocupar. Algunos de los hilos y alambres que le estaban poniendo prácticamente le estaban cortando la piel. Los que tenía en las muñecas, que iban atadas por la espalda, eran los peores. Apenas podía mover las manos y los brazos de dolor. Pero pronto se dio cuenta de que las cuerdas de los tobillos estaban más flojas, tan flojas que Billy casi podía frotar los pies para bajarse un poco los calcetines y ocultar aquel descuido.

Al menos podría levantarse para soltarse los pies y echar a correr. Sin embargo, el verdadero problema era tener las rodillas debajo de la barbilla, porque la cara pringada de chicle de Superespanto le estaba mirando directamente.

—Venga, chaval —dijo el Súper—. Mira la mesa.

Billy obedeció.

—¿Ves esa muñeca bailona?

Billy veía la muñeca. Las diez o doce lámparas diseminadas por el laboratorio apuntaban hacia ella. Al principio, Billy estaba confuso. La muñeca le resultaba familiar. Entonces comprendió el porqué.

¿Cómo era posible? ¿Podía haber más de una muñeca preferida de su madre? Entonces, sin querer, murmuró el nombre de la muñeca.

–Nina.

Zozo se había retirado al lado sombrío de su trono, pero cuando oyó a Billy pronunciar aquella palabra, se acercó un poco. Observó la expresión de Billy con mucho interés. Aunque hubiera pasado tanto tiempo, recordaba la mirada de los niños cuando escogían a su juguete preferido, el brillo en sus ojos cuando encontraban «al elegido».

Billy se quedó mirando a la muñeca bailarina. Y siguió mirando. Zozo lo vigilaba en siniestro silencio. Los espantos, ansiosos, se miraban entre sí. El único ruido que había era el de los crujidos y chirridos de sus movimientos inquietos.

Superespanto –o más bien su cabeza– era el que más cerca estaba de Billy, y vio en la expresión de su cara que algo no iba bien. Había visto a montones de niños de cerca de lo largo de los años. Los había visto felices y los había visto llorando. Había robado muchos preferidos, así que había provocado muchas lágrimas. Era la mejor parte de su trabajo. Igual que a las abejas les encanta la miel, a él le encantaba provocar lágrimas. Pero Billy no estaba triste, ni iba a llorar. No parecía asustado. Superespanto, en cambio, estaba más asustado que nunca. Su plan no estaba saliendo como había planeado.

—¿Qué pasa, chaval? —susurró, pero Billy no le prestó ninguna atención.

—¿Este niño no puede hacer preferida a la bailarina? —preguntó Zozo.

Billy al final dejó de mirar a la muñeca y se fijó en Zozo.

—No puedo —dijo en voz baja—. No puedo —repitió, todavía más bajo—. No puedo. No puedo. No puedo. ¡Nunca!

Zozo agarró una vara de metal larga y fina que tenía un trozo de hojalata dentado soldado en un extremo. Apoyó el filo en el pecho de Billy, cerca del corazón del niño.

—Seguro que puedes, chaval. Por favor —insistió Superespanto. Podía ver la punta de la lanza apoyada con firmeza en el bolsillo del pijama de Billy—. Zozo no se anda con chiquitas.

El silencio y la tensión en la sala eran tales que se percibía el movimiento de cada músculo, cada resorte, cada junta de metal y cada trozo de tela. Incluso se sentía cada aliento. Y en ese momento, un sonido lejano atravesó a la deriva aquella quietud... Un eco... Música. Como si sonara desde muy lejos, y así era. El sonido del viejo tiovivo.

Al principio, nadie supo cómo actuar; ni siquiera sabían si de verdad estaban oyendo aquella música extraña y antigua. Ni los espantos, ni los juguetes, ni Billy, ni siquiera Zozo. Pero la música seguía. Y entonces el rey payaso recordó. Nina. Y el sonido cuando se fue. El delicado repiqueteo de su cascabel. El sonido que nunca creyó que volvería a oír. Pero *sí* lo había vuelto a oír, y aquella misma noche. En el pecho de un hecho-a-mano que había huido.

–¡Sabes cómo se llama! –farfulló Zozo–. El peluche que ha escapado... –En los frágiles y oxidados mecanismos de su memoria, las piezas empezaron a encajar–. El hecho-a-mano con el cascabel... ese juguete *tuyo*... –Los ojos de Zozo relucían–. ¿Cómo sabes su nombre? ¿Dónde está mi Nina?

El desconcierto del rostro de Billy había desaparecido.

Quizá estuviera asustado, pero ya no lo aparentaba. Estaba decidido a no mostrar ninguna emoción. Su cara estaría tan en blanco como la de un juguete. No desvelaría nada del secreto que ahora poseía.

28

El túnel

Pocos minutos antes, Ollie y la pandilla del basurero, a bordo del vehículo de ataque basuromóvil
todoterreno, habían llegado a la entrada del Túnel
del Amor. Fue Mascota Rocosa quien divisó a Pegaso
en el barro junto al canal de la atracción.

–¡Caballo de juguete con alas a popa! –gritó Mascota Rocosa.

–¡Qué buen ojo! ¡Es un juguete de Billy! –dijo
Ollie. Mascota Rocosa sintió mucho orgullo; solo

le quedaba un ojo, así que era agradable recibir un cumplido al respecto.

–Llévanos a popa, si no es mucha molestia, señor Céspedes –ordenó Ollie.

El cortacésped aparcó en la orilla, y, al hacerlo, dejó la hierba cortita y bonita a su paso.

Chapita y Zurdito se precipitaron para rescatar al caballo y llevárselo a Ollie. El juguete intuyó el espíritu naval de la misión e informó del siguiente modo:

–¡Pegaso a la orden, señor!

–¡Cuéntanos lo que sepas, Pegaso! –dijo Ollie.

–De acuerdo, capitán –respondió el juguete, reconociendo el papel de líder de Ollie–. Los hostiles trajeron al presidente Billy hasta este punto, después lo metieron en un enorme cisne de madera y navegaron por el canal hasta perderse de vista.

¿Presidente Billy? Sonaba fenomenal. Para los juguetes, su niño es efectivamente una especie de presidente.

Chapita y Zurdito miraron a Ollie esperando indicaciones. Ollie intuyó que la tripulación confiaba en él, y eso hizo que aumentara su valor. Tanto valor que le daba miedo, porque sabía que no tenían plan. Ollie siempre había sido el segundo después de Billy en sus juegos de ataque e invasión, y sabía las expresiones que había que pronunciar, como: «¡a la carga!», «¡cúbreme!» y «¡usa la fuerza, Luke!», pero nunca se había imaginado que tendría que dirigir una misión de verdad. Y, sin embargo, lo estaba haciendo.

Unos malos de verdad habían capturado a un niño de carne y hueso, concretamente a su niño, el presidente Billy. Esos malos cometían tantos ilegales, tantas maldades y tantas guarrerías que Ollie tenía que ser el sumo seguromaestre de niños más valiente de la historia. Tenía que hacerlo por Billy, incluso aunque su niño lo hubiera tirado. Era el código de los juguetes. Y aquel tipo de realidad daba un poco de miedo. De hecho, aquel tipo de realidad era realmente escalofriante.

Ollie observó el túnel oscuro y acuoso. Todos hicieron lo mismo.

—Jo, qué oscuro está —dijo Chistera.

—Muy oscuro —asintió Carretillo.

—Tan oscuro que no podría verme el pulgar delante de la palma —añadió Zurdito.

Incluso Chapita, que había seguido a los espantos por el túnel cuando habían «Billycuestrado» a Billy, se echó a temblar solo de pensar que tendría que volver por allí. Sus temblores hicieron que las demás latas también se estremecieran. Los cuchillos y los tenedores empezaron a temblar también. Teclas empezó a escribir un montón de signos de interrogación. La brisa hizo que la música del tiovivo sonara un poco tenebrosa. Y entonces, el vehículo de ataque basuromóvil todoterreno empezó a traquetear a todo volumen. Se oía el miedo que estaban pasando.

¿Qué hago?, pensó Ollie. ¡Incluso su cascabel estaba tintineando! *No estoy hecho de valor. ¡Solo soy... de peluche!* Pero SABÍA lo que tenía que hacer: tenía que encontrar a Billy.

La brisa amainó y el tiovivo sonó menos extraño. Entonces, en la entrada del túnel, empezaron a aparecer puntitos luminosos. Al principio, solo una docena. Después más y más. ¡Luciérnagas! Cientos de ellas, algunas volaban alrededor del grupo, pero muchas más se agolpaban alrededor de Ollie. Eran tantas que resultaban cegadoras.

–Creo que han venido a ayudarnos –dijo Ollie.

A pesar de que la pandilla del basurero casi no veía a Ollie con tanta luz, ya no tenía miedo: todos sabían que no había nada que temer de las luciérnagas. Después, los insectos luminosos empezaron a alejarse de Ollie y se adentraron en el túnel. Se lanzaron a través de la oscura entrada para iluminarla. Lo suficiente. Lo suficiente para que Ollie y los demás pudieran ver. Ver lo que tenían por delante.

29

El canal

Ollie pensó en todos los trucos de todas las películas de batalla que había visto con Billy y de todos los
libros que les habían leído.

–De acuerdo –dijo con autoridad–, nuestro plan
va a ser: hacer un poco de Robin Hood, un poco de
«usa la fuerza, Luke», un poco de caballo de Troya y
un poco de... *Yellow Submarine*.

La pandilla entendió más o menos. Por suerte,
Fresquín tenía cierre hermético y podía sumergirse

como un submarino. Su sistema de refrigeración antiguo funcionaría perfectamente como hélice para avanzar a buena velocidad por las aguas densas y turbias. Tras meterse en el interior de Fresquín, el pelotón de latas se estuvo armando con rueditas, cuchillos, tenedores y arquitos ingeniosos fabricados con cualquier chatarra imaginable. Cuando Ollie dio la orden, Fresquín se sumergió.

Ollie le dijo a Pegaso que vigilara la entrada del túnel mientras él y el resto de la pandilla saltaban a una de las barcas de madera con forma de cisne que se mecía en el agua. De un empujón se alejaron de la orilla y dejaron que el cisne avanzara por el túnel seguido por Fresquín. Se agacharon y se escondieron. Cada cachivache sabía más o menos lo que tenía que hacer. Estaban todos preparados, listos, ya. Con la mano en el gatillo. Armados hasta los dientes. Decididos a ganar. Y muchas otras frases de héroes que no acababan de entender. Las luciérnagas seguían

volando sobre ellos, pero cuanto más se acercaban al final de la atracción, menos brillaban los insectos. Ollie, fijándose en lo que había más allá del largo cuello de cisne, observó un embarcadero al otro lado que no tenía vigilancia y... ¿sería posible? ¡Sí! ¡Lo era!... Justo detrás estaba la sala con los juguetes perdidos. Ollie distinguió varias voces. Una era sin duda la de Zozo, y la otra... ¡de Billy!

Ollie se dirigió a su tripulación.

–¡Muy bien, compañeros! Ya sabéis lo que tenéis que hacer –susurró.

Contestaron:

–¡Por supuesto!

–¡Más o menos!

–¡Eso creo!

–No tan alto, chicos –les silenció Ollie–. Recordad que estamos haciendo un superataque-sorpresa-superespía-superninja-sigiloso-de-incógnito contra los malos.

–Síííííííííííí –susurraron todos en respuesta, sintiendo cada molécula de su cuerpo llena de una sensación interior de soy-superespía-ninja-y-no-un-cachivache.

Ollie esperó pacientemente a que el cisne llegara por fin al borde del decrépito embarcadero, que estaba literalmente al final del trayecto en barca. Habló en voz baja a través de un *walkie-talkie*:

–Chapita, ¿me recibes? Adelante, Chapita.

Después de un rato contestó:

–*¡Tin! Ta ta tin.*

–Bien –respondió Ollie–. Dile a Fresquín que permanezca sumergido hasta que dé la orden. ¿Recibido?

–*Ta ta ta tin.*

–De acuerdo, no os preocupéis –dijo Ollie. Miró atentamente a su alrededor. Una sola luciérnaga avanzaba como para asegurarse de que todo estuviera despejado. Voló cerca de la parte superior de la puerta que conducía a la prisión de los juguetes perdidos y después parpadeó varias veces.

–¡Esa debe ser la señal! ¡Vamos! –Ollie indicó a la pandilla que avanzara. La pandilla abandonó la barca en forma de cisne y subió al embarcadero deslizándose, escalando y andando de puntillas. Desde allí avanzó hasta la entrada de la prisión de los juguetes perdidos. La estancia estaba oscura y la única luz provenía la guarida de Zozo.

–¿Podemos gritar ya «a la carga»? –preguntó Mascota Rocosa.

–No –contestó Zurdito–. ¡Todavía estamos de incógnito!

–Bueno, pues entonces, ¿podemos gritar *de incógnito*?

–Me parece que no –dijo Chistera.

–Creo que solo vamos a avanzar de incógnito hasta que sea oficialmente el momento de cargar –añadió Brochazos.

Varios ayudantes basura iban empujando a Teclas, y Manecillas los acompañaba. Todos iban armados con cuchillos de cocina o de untar, o con tenedores torcidos o de esos largos de fondue que parecían lanzas. Todos salvo Mascota Rocosa, porque no podía sostener nada.

—¡A mí, tiradme! ¡Con todas vuestras fuerzas! ¡Soy una piedra! ¡Podré soportarlo! —insistió de un modo rotundo.

Ollie fue el primero en llegar a la puerta de los preferidos olvidados. Al otro lado de la prisión distinguió el interior bien iluminado de la guarida de Zozo. Billy estaba dentro, justo al otro lado de la estancia. ¡Billy!

El niño estaba sentado con las rodillas pegadas al pecho y les daba la espalda. Varias docenas de espantos plagaban la habitación y lo rodeaban. Y, allí mismo, detrás de Billy, estaba la mesa de Zozo. Sobre la mesa había una muñeca, una bailarina de juguete. Se parecía a... No, no podía ser. Pero sí..., se parecía a la muñeca Nina, la de la foto antigua de la madre de Billy. Junto a la muñeca, Zozo miraba a Billy con atención.

30

El eco

Ollie avanzó con lentitud. No andaba como un peluche normal. ¡Andaba como un peluche en una misión! Los basura siguieron su ejemplo: atentos, preparados y muy muy de ataque sorpresa.

Con sigilo pasaron junto a los preferidos perdidos, que reconocieron a Ollie y supieron de inmediato que no debían hacer ruido. Algunos juguetes parecían más raídos que cuando Ollie los había visto por primera vez. Sin duda los espantos y Zozo no habían sido amables con ellos después de que le ayudaran a escapar. Algunos estaban prácticamente hechos jirones. Osito Tuerto. Conejo Zanahoria. Dinosaurio. Todos habían perdido algo de tela y trozos de relleno. Pero no les importaba. Ollie y su equipo empezaron a desatarlos, y los juguetes cerraron filas con ellos, encantados de poder ayudar.

En cuanto todos estuvieron libres, Ollie avanzó pegado a la pared hasta la puerta de la guarida de Zozo. Oía con claridad al payaso, y lo que decía era alarmante.

—¡Este niño no puede hacer que mi bailarina sea su preferida! —gritaba Zozo.

—No puedo —decía Billy en voz baja—. No puedo —repetía, todavía más bajo—. No puedo. No puedo. No puedo. ¡Nunca!

Ollie se asomó un poco. Zozo estaba apoyando una especie de lanza en el pecho de Billy.

Entonces todo se quedó en silencio. Ollie miró a la pandilla de detrás de él con preocupación.

—¡Ahora! —susurró Mascota Rocosa.

Ollie meneó la cabeza —no— con premura. No estaba seguro. En el fondo sabía que tenía que esperar algo, pero no sabía el qué. Sentía muchísimas cosas a la vez: miedo, valor, calma y algo más. Algo misterioso. Como un recuerdo que no sabía que tenía. Estaba esperando. Alzó la vista. Las luciérnagas se estaban reuniendo de nuevo justo encima de él, pero con la luz muy tenue. Entonces la que más brillaba bajó zumbando y aterrizó en su pecho, justo sobre el corazón de cascabel. Ollie observó sorprendido que la luciérnaga se encendía y se apagaba, se encendía y se apagaba. Luz-luz... Luz-luz... como los latidos de un corazón.

La luciérnaga seguía con aquel ritmo de luz cuando Ollie entendió lo que la luciérnaga le estaba intentando decir. El cascabel. Su corazón. Había sido mucho más que eso: había sido de Nina antes que suyo.

Luz-luz, luz-luz.

Sabía que, en ese mismo instante, Zozo estaba apretando la lanza contra el pecho de Billy, justo donde estaba su corazón.

La voz de Zozo retumbó:

—Conoces a mi bailarina, ¿verdad? Lo veo en tu cara. ¡LA CONOCES! ¿CÓMO ES POSIBLE?

La luciérnaga dejó de parpadear. Ollie supo lo que tenía que hacer. Empezó a golpear su pecho con todas sus fuerzas para que el cascabel sonara alto y claro.

31

¡¡¡A LA CARGA!!!

Billy miró a Zozo.

—Lo siento, señor Zozo —dijo con tono sereno y desafiante—. Pero tienes razón, no puedo hacer preferida a tu Nina. Yo ya tengo un preferido y se llama Ollie.

El sonido del cascabel paralizó a Zozo.

—Mi Nina. Mi Nina —dijo, casi con ternura. Entonces en su rostro apareció lo más parecido a una sonrisa que los espantos habían visto en Zozo.

Billy sabía que esa era su oportunidad. Muy despacito, para que nadie se diera cuenta, alargó la mano hasta la altura de la rodilla y la situó delante de la boca del Superespanto. Después empezó a serrar las cuerdas de las muñecas con el afilado borde de la cabeza de hojalata. Casi había terminado cuando oyó un ruido extraño, no de una persona, tampoco de un niño, ni siquiera de un animal. Era el inconfundible grito de un juguete. Un juguete muy intrépido y valiente. *Su juguete.*

–¡¡A LA CARGA!! –bramó Ollie.

Entonces todos los basura y todos los juguetes antiguos se unieron a él con un clamor magnífico:

–¡¡A LA CAAAAAARRRRRGA!!

Y cargaron.

Los espantos estaban demasiado sorprendidos para reaccionar. Antes de que les diera tiempo a reaccionar, los basura y los juguetes los desbordaron, aplastando a la primera ola de villanos como si fueran moscas.

Billy dio un respingo con una sonrisa boquiabierta en la cara. Vio a Ollie, que corría en primera línea y lanzaba golpes tan rápidos a diestro y siniestro con su espada que cualquier espanto que se le cruzaba tenía las de perder. De hecho, todos HUÍAN de él.

—¡Fíjate! —murmuró Billy, asombrado y feliz.

El niño tardó un instante o dos en asimilar el hecho de que era Ollie quien lideraba la carga.

Mientras tanto, los espantos ya se habían recobrado y habían comenzado el contraataque con su habitual habilidad y astucia. Pero no antes de que una barrera protectora de guerreros basura y de juguetes decididos rodeara a Billy.

—¡Presidente Billy! —vitorearon los basura.

—¡¡¡Mantened la posición hasta que pueda liberarlo!!! —gritó Ollie. De un salto, aterrizó en las rodillas de Billy y pisó la cabeza cubierta de chicle de Superespanto.

—¡Puaj! —dijo Ollie.

–Lo mismo digo –replicó Superespanto.

–¿Presidente Billy?

–Ha sido una noche muy extraña –dijo Ollie. Después cortó sin dificultad los últimos hilos que retenían las muñecas de Billy con su espada.

–¡Hala! –exclamó Billy–. ¡Eres un buen batallador, Ollie!

–Gracias, Billy –contestó Ollie, sintiendo orgullo, alegría y muchísimo alivio, todo al mismo tiempo. Billy experimentaba lo mismo.

–¡Pensaba que yo te iba a rescatar a TI!

–Bueno, TÚ me has enseñado a mí –respondió Ollie, quitándole a Billy los últimos amarres. No había tiempo para abrazos o babazos ni nada parecido. Se estaba librando una batalla.

–¡Vámonos de aquí! –ordenó Ollie.

–Ídem –coincidió Billy mientras se levantaba de un salto y se libraba de las ataduras de sus piernas. Pero antes, había que hacer algo. Porque estaba enfadado con Zozo por todos los ilegales y todas las maldades que había cometido. Quería encontrar a aquel juguete payaso. Pero no había ni rastro de Zozo.

Billy vio que Ollie estaba mirando a la muñeca bailarina que estaba sobre la mesa de trabajo.

–Es casi igual que la de mamá –afirmó Billy.

Ollie asintió.

–Seguro que mamá la echa de menos. Igual que yo te echaba de menos a ti. ¡Se la voy a llevar!

Entonces Ollie supo lo que *tenía* que hacer.

Por primera vez, Ollie no estaba de acuerdo. En todos los juegos y «grandes venturas», o cuando hacían el ganso, Billy siempre era el líder. Pero esta vez no podía ser igual.

–No, Billy –dijo Ollie. No lo dijo con maldad ni de broma, sino con un tono que sonaba un poco a adulto.

–¿Cómo?

–No podemos llevárnosla –explicó Ollie–. Es de Zozo.

–Pero es igual que la Nina de mamá...

–Pero no es la Nina de mamá. Ella quiso a su Nina con toda su alma en tiempos pasados. No sería lo mismo –afirmó Ollie.

Billy reflexionó sobre aquello. Sabía que nunca podría haber más que un Ollie. Pero antes de que pudiera mostrarse de acuerdo, una sacudida repentina y alarmante recorrió la sala. Le siguió un crujido agudo y rítmico del hormigón que se rompía, como si un martillo gigante estuviera aporreando el suelo del túnel. Las lámparas empezaron a balancearse en todas direcciones. Entonces la pared más alejada de la estancia se derrumbó, llenándolo todo de escombros y polvo.

Tanto los basura como los espantos huyeron cuando el hormigón y los ladrillos se precipitaron sobre ellos.

Billy alzó en brazos a Ollie.

A través de la nube de polvo que se iba aclarando apareció una máquina aterradora con forma de cangrejo, alta como un hombre y con las patas hechas a partir de vigas irregulares y trozos de antiguas atracciones de la feria. En el centro había un coche de choque estropeado con una cara sonriente pintada, una de esas caras felizmente grotescas que solo se ven en las ferias. Detrás del volante estaba Zozo, el rey payaso, con la espantosa cara iluminada por las festivas bombillas que asomaban del aparato. De la parte trasera asomaba una cola similar a la de un escorpión que se enrollaba y agitaba en el aire.

–¡Huy, huy, huy! –dijo Mascota Rocosa, a quien Zurdito había arrojado en medio de la batalla y yacía ahora en el suelo, justo al lado de Ollie y Billy–. Creo que ha llegado el momento de gritar la palabra para escapar.

Ollie no podía estar más de acuerdo.

–¡RETIRADA! –ordenó, aunque no había hecho falta, porque todos ya estaban retirándose a toda prisa. Billy vio a Mascota Rocosa y la cogió.

–Gracias, señor presidente –dijo Mascota Rocosa.

Ollie encendió el *walkie-talkie* y vociferó instrucciones a Chapita:

–¡Emerged con Fresquín! ¡Enviad las latas! ¡Nos vamos a escapar!

Zozo les atacó con la cola de escorpión. Ollie y Billy se apartaron corriendo. La cola golpeó la pared detrás de ellos, que empezó a derrumbarse. Billy y Ollie echaron a correr hacia el embarcadero.

Subido en su máquina, Zozo les pisaba los talones. Iba derrumbando las paredes que encontraba a su paso y destrozaba las puertas demasiado pequeñas. Los espantos eran un enjambre a su lado, como un ejército de arañas enloquecidas.

–¿La retirada significa que ya no somos valientes? –gritó Zurdito, que sostenía a Teclas mientras Podón Céspedes pisaba a fondo para ponerse a salvo.

Pero cuando los basura y los juguetes llegaron al embarcadero del Túnel del Amor, no había ni rastro de Fresquín.

¡Huy, huy, huy! –dijo Ollie, mirando alternativamente la barca cisne y la superficie del agua–. No hay bastante sitio en la barca para todos.

Pero en ese instante, Fresquín emergió como un corcho gigante, y, al hacerlo, salpicó como si una bomba hubiera estallado en el agua.

–¡Huuurra! –gritaron los basura y los juguetes. Cuando Fresquín se estabilizó, su puerta se abrió de par en par y Chapita y su brigada de latas salieron de un salto. Y lo hacían justo a tiempo, pues los espantos se les echaban encima decididos a detener su huida.

Ollie gritó:

–¡Chapita! Tenéis que contenerlos hasta que los juguetes viejos hayan embarcado.

Chapita y sus latas, armadas con arcos, lanzas y espadas, formaron una línea protectora de tres latas de grosor mientras Ollie y los miembros de la pandilla del basurero evacuaban a los juguetes.

Cuando casi todos estaban a bordo, Ollie ordenó:

–¡Que Teclas apunte a la puerta!

La pandilla del basurero sabía muy bien lo que tenía que hacer, y estaba preparada para proporcionar a la máquina de escribir una infinita carga de chinchetas que se dispararían con las teclas como una ametralladora Gatling.

Los espantos formaban una impresionante mole de maldad embravecida. De hecho, incluso habían empezado a cantar una especie de canción de guerra espeluznante. Golpeaban las armas contra los escudos de metal, o contra sus pechos, o contra cualquier parte de su ser que hiciera ruido:

¡A cascar! ¡A cortar! ¡Juguetes abajo!
¡Arranca las piernas!

¡Arranca los brazos!

¡Arranca cabezas a los muñecajos!

Mientras tanto, los últimos juguetes viejos subieron a la barca cisne. Billy oyó que estaba teniendo lugar una especie de motín.

–¡Yo quiero luchar! –decía Osito Tuerto, que al parecer lideraba un grupo de ositos que se negaba a huir–. ¡La liga de osos de peluche exige el derecho a luchar! –gritó. Entonces se volvió hacia Billy y dijo–: ¡Señor presidente! Tienes poderes ejecutivos. Haz una excepción. ¡Déjanos cumplir con nuestro deber!

Billy tuvo que esforzarse por recordar lo poquito que sabía de la historia de los ositos de peluche. Se inventaron hace mucho, en la época de los caballos, en honor a un presidente real de los Estados Unidos de América llamado Teddy Roosevelt, que era un soldado que había ido colina arriba a llenar un cubo de agua o algo así, y en lo alto tuvo lugar una batalla enorme. Por eso se inventaron los ositos de peluche, y Billy pensó que quizá eso explicaba su comportamiento marcial.

–¡De acuerdo, ositos! –convino Billy–. ¡Id con las latas!

–¡Sí, señor presidente!

Hicieron un saludo militar y se unieron a la línea de frente. Billy les devolvió el saludo. La batalla estaba a punto de comenzar y necesitaba un arma. Y entonces la vio.

Entre todos los trastos que había desperdigados por el embarcadero del Túnel del Amor vio el palo de bandera de una de las atracciones antiguas. No era muy largo, pero tampoco era muy corto. Y la andrajosa bandera que llevaba era muy sencilla. El único adorno que tenía era una palabra, o más bien un nombre: ZOZO. En la punta del palo había una cabeza de payaso tallada con sumo detalle; su afilado sombrero tenía forma de lanza. Billy lo agarró a toda prisa.

Mientras tanto, el monstruo mecánico de Zozo, que era demasiado grande para cruzar la puerta al embarcadero, había empezado a golpear el marco de la puerta. Con la cola de escorpión estaba destrozando los soportes a su alrededor.

Entonces se produjo un estruendo terrible y ensordecedor. Las paredes alrededor de la puerta se derrumbaron, y la horrenda máquina de Zozo avanzó trepando por los escombros. Los espantos detuvieron su canto para pronunciar vítores imponentes y se dispusieron a atacar.

Billy asió con fuerza el palo de la bandera. Pero entonces, ¡aaaaayyy!, algo le picó en el tobillo. Con mucha fuerza. Miró hacia abajo. ¡La cabeza de Superespanto estaba atrapada en su calcetín! Con tanta acción, había ido a parar allí. Billy sacó la maltrecha cabeza y se la puso a la altura de los ojos.

–Chaval, tienes que detener a Zozo –dijo Superespanto con voz áspera–. Destrozará a todo el mundo. No le importa nada más que su dolor y su odio.

Billy se estaba metiendo la cabeza del pobre Superespanto en el bolsillo y se disponía a contestar, cuando Ollie avanzó a través de las latas de Chapita. De nuevo, al grito de: «¡A la carga!», se lanzó solo contra Zozo y su ejército.

32

Las luciérnagas de la verdad

Al instante, Zozo atacó, y esta vez afinó la puntería. Alcanzó a Ollie, sujetándolo contra el suelo. Ollie intentó levantarse, pero las patas delanteras de la máquina de Zozo lo presionaban con fuerza. Entonces la máquina se arrodilló para que Zozo mirara a los ojos al juguete en apuros. La cola de escorpión se arqueó amenazadoramente, lista para volver a atacar, con la afilada punta preparada para dejar a Ollie hecho jirones. Los espantos clamaron de alegría

y corrieron de un modo caótico hacia Billy y su vario-pinto ejército de juguetes y basura.

–¡A por ellos! –gritó Billy. Y el ejército de basura llenó el aire de chinchetas y flechas y desperdicios puntiagudos. Fue una cortina de fuego devastadora.

La primera línea de espantos cayó como si fueran hojas secas, pero la siguiente avanzó a toda prisa, alcanzando la línea de latas como un corrimiento de tierra.

Teclas lanzó por los aires miles de chinchetas, tecleando una millonada de palabras por minuto, más deprisa que cualquier humano, mientras que la pandilla del basurero mantenía el flujo constante de proyectiles puntiagudos como si hubiera estado combatiendo el peligro toda su vida. Las chinchetas atravesaron a los espantos con tanta fuerza y precisión que estos apenas podían avanzar. Caían hechos peda-zos o se quedaban clavados en el suelo o entre sí, lo cual los convertía en una cuadrilla muy cómica, una creciente masa de espantos, desorden e ineptitud.

Billy corrió a ayudar a Ollie. Los ositos de peluche, como cosacos embravecidos, le siguieron de cerca, golpeando a cualquier espanto al que Teclas no hubiera dejado inmovilizado. ¡Menuda batalla campal! Un caos de tenedores, latas, juguetes y espantos que se golpeaban, azotaban y rasgaban, llenando la sala entera de confusión.

Muchísimas cosas ocurrieron en los segundos siguientes. El tiempo pareció ralentizarse mientras se decidía el destino de muchos.

El odio había enloquecido a Zozo. No podía detenerse. Porque solo tenía un pensamiento: el hecho-a-mano debía morir. Dejó que la cola de escorpión atacara.

Y atacó.

Pero no dio en la diana.

En el último segundo, Billy arremetió, y, con una velocidad que él mismo desconocía, bloqueó la mortal cola mecánica con el palo de la bandera. La punta alcanzó la cabeza de payaso tallada en el palo, partiéndola prácticamente por la mitad. No podía avanzar más.

33

Recordar

Ollie estaba convencido de que había muerto. Lo único que no entendía era por qué veía una cabecita de Zozo de madera justo encima de él con la punta de la cola de escorpión entre los ojos. Se giró y vio que a su lado Billy sostenía una especie de lanza. En la punta de la lanza había una cabeza de Zozo astillada.

Después miró hacia Zozo, el verdadero Zozo, subido en su monstruosa máquina. Pero el payaso no le estaba mirando a él: estaba mirando hacia arriba. Y Billy también. Los ojos de Ollie fueron en la misma dirección.

Eran las luciérnagas. Más luciérnagas de las que había visto nunca. Había miles, y brillaban tanto que resultaba inverosímil. Se estaban arremolinando para crear una forma familiar.

Ollie se quitó de debajo de la lanza atravesada. Cuando se incorporó, la batalla se había detenido. Todo el mundo observaba cautivado las luciérnagas.

Los insectos se acercaron más y más, hasta que la silueta que estaban formando se hizo inconfundible. Era el rostro de Nina, la muñeca bailarina, pero transformada en mil puntitos de luz parpadeante. El resplandor llenó el embarcadero con una luz oscilante que resultaba de lo más tranquilizadora.

Del resplandor surgió una voz, una voz que casi sonaba a carillón. Era la voz de Nina.

–Zozo, detente. No hace falte empeorar las cosas –dijo–. Estos juguetes no han hecho nada malo.

Zozo no dijo nada.

–Nunca te he olvidado, Zozo –prosiguió la muñeca bailarina–. Yo era tu preferida y tú eras el mío. Pero yo me convertí en la preferida de una niña y viví una vida larga y abundante. Y cuando el amor de la niña desgastó mi cuerpo, me transformé en un espíritu. El espíritu guardián que cuida de otro preferido, el juguete llamado Ollie.

Ollie se giró hacia Zozo.

–No soy tu enemigo, señor Zozo –le dijo.

Zozo miró con seriedad a Ollie, y después de un modo interrogativo a la visión que flotaba sobre él. Su odio iba menguando, pero no pronunció ni un sonido.

Nina se volvió más brillante.

–Te está diciendo la verdad, querido Zozo. El cascabel era mío. Recuerdas bien su sonido. La madre de Billy fue quien me hizo su preferida. Guardó el cascabel y se lo puso a Ollie cuando lo cosió. Pero